王文興
慢讀講堂

玩具屋九講

王文興 導讀

目次

小說英文口譯王文興／文字整理林國卿

慢讀系列總序

麥田出版社這次系列出版的《家變六講》、《玩具屋九講》、《詩文慢讀十講》，及《背海的人九講》，中間進行的過程相當之長。《家變六講》是我二〇〇七年在中央大學的講演，《玩具屋九講》則是同年我在台大最後一門的上課紀錄，《詩文慢讀十講》又是我二〇〇八至二〇〇九年，為麥田舉辦的講授課程，《背海的人九講》則是二〇一〇至二〇一一年，中央大學繼《家變六講》的延續活動。

「慢讀」一詞，其實絕非我一人首道，中國應該是普世要求慢讀最早的國家，只要我們看看古書上密密麻麻的圈點，及眉批，就知道了，這叫「評點學」，與英美二十世紀中葉的「新批評」是全盡相同的讀法。奈何「評點學」「新批評」都挫敗在瘋狂求速的現代文明「速讀法」手下，致所以我才覺有必要恢復此一真正不欺的常青讀法，以免無量古今中外文學遭到誤讀（或即等未讀）之浩劫。

中外之淪入浩劫元兇固是狂妄追速的現代文明，但往前推些，或有更早的緣因。西方自古原無速讀的病灶，西方文學直是詩歌體文學，詩歌格律嚴密，押韻鏗鏘，沒人敢於囫圇吞棗；直到西方進入散文體文學的時代，方有一目十行，一掃而過的病象。記得十九世紀的尼采，已察覺此一悖謬，他是西方第一個提出慢讀主張的作者。中國，剛才已提過，向是慢讀，「評點學」可知，再說中國也是詩體為主的文學，焉可不慢讀，——中國的古體文實亦詩體，我向認為中國文言文即無韻詩（blank verse），故中國向無速讀的問題——直到——直到白話運動開始，白話文來了後，你不能說白話文就是詩——連無韻詩都不是——所以就冒萌「快讀」的現象出來了。白話文當是引發「速讀症」的誘因；白話文也有內容豐富，寫得好的，在「快讀一過」之下，就全篇倒地身亡了。

今天，要挽回文學的命運，要重炙古代文學的高熱，要瞭解一切文學的字字璣璠，非體踐慢讀不可，一定須跟隨尼采粃行「慢讀法」不可。

王文興

《玩具屋九講》序

這本書是我台大最後一度上課的聽講筆記，該時我其實已退休二年，我的課也已改名為「小說探微」，更因我其時正投入其他的讀寫計畫，故這門課只排半年，且為隔週上課，一週二小時。

也因這等特殊的安排，我必須選一篇長短適合的小說。四十餘年來小說課我多用長篇小說，我的教法是慢讀法，故一年要讀完一本長篇，只有挑選段落詳讀，選段詳讀當然有顧此失彼，未窺全豹的缺點，故這最後半年的課，我就想名符其實，全文一字不漏，詳實教完一文，故特選了這篇〈玩具屋〉。果然，一學期隔週九堂課下來，最後剛好適時教完。

我剛才說這一課的慢讀，是一字不漏，字字求解，所言毫不誇張。我固一向都只信慢讀，但展進到一字不漏的慢讀，也是近數年纔有。總之，以往我的慢讀，尚未字字求解，後來我深信好的小說，定然字字都有道理，我不應說定當字字好，但一定字字有其各自的功能，不言他的效果好不好。總之，好的小說恐已到了數學的域囿，像數學一樣，字字有用——連標點都有用。這冊《玩具屋九講》是我在校的最後一門課，也最終的呈表了我歷年堅求的讀法，——恰又逢林國卿先生在課內記下詳實的筆記；故任此筆記出版，我認為是饒有意義的事。或許《玩具屋九講》可視為我在校內教授小說慢讀的一個表號。

第一講

如何描寫玩具屋

〈原文〉

When dear old Mrs. Hay went back to town after staying with the Burnells she sent the children a doll's house. It was so big that the carter and Pat carried it into the courtyard, and there it stayed, propped up on two wooden boxes beside the feed-room door. No harm could come to it; it was summer. And perhaps the smell of paint would have gone off by the time it had to be taken in. For, really, the smell of paint coming from that doll's house ('Sweet of old Mrs. Hay, of course; most sweet and generous!') —but the smell of paint was quite enough to make any one seriously ill, in Aunt Beryl's opinion. Even before the sacking was taken off. And when it was....

There stood the doll's house, a dark, oily, spinach green, picked out with bright yellow.

〈譯文〉

親愛的老黑伊夫人在伯內爾家小住之後，回到城裡，就給孩子們送來了一座玩具屋。玩具屋很大，馬車伕和派特兩人只得將它抬到院子裡，架在飼料屋門旁兩只木頭箱子上，就這樣擱著了。正值夏天，玩具屋不會損壞，等到它必須搬進屋子時，它的油漆味也該散盡了。確實，玩具屋散發出一股油漆味（「好心的老黑伊夫人，真的，很親切很慷慨！」）——但照貝莉爾阿姨的說法，這股油漆味誰聞了都覺得噁心，即使沒打開麻袋都已經如此，當它一打開時……

玩具屋就站在那兒了！黝黑，油亮，菠菜似的綠色，上面雜有亮黃的間錯。

◎本書中譯文及課堂講解皆依據王教授課上口譯整理。

〈課堂講解〉

整段小說的每一句，王文興都幾乎問「為什麼？」來讓閱讀者思考。

When dear old Mrs. Hay went back to town after staying with the Burnells she sent the children a doll's house.

一問：為什麼黑伊夫人要送玩具屋給伯內爾家？Burnells為何是複數？

答一：黑伊夫人因為在伯內爾家住過幾天，為表謝意，所以送玩具屋當禮物給小孩。Burnells複數即表達一家。

It was so big that the carter and Pat carried it into the courtyard, and there it stayed, propped up on two wooden boxes beside the feed-room door.

二問：玩具屋到底多大？如何知道它體積很大？

答二：玩具屋大到需要兩個人搬動，而且無法放進屋裡，必須擺在院子，所以知其大。

三問：扛玩具屋的兩個人，為何一個稱車伕，另一個稱名字？

答三：一稱車伕一稱派特，是因為派特是家中當差的傭人，是更熟識的人，所以喊小名。

四問：為何需要描寫玩具屋擺在兩個箱子之上？兩個箱子應該長什麼樣子？是怎樣擺的？

答四：兩個箱子怎樣擺，形狀如何，都是閱讀者要去想的角度，否則作者只要寫出「擺在院子」即可，其餘都不必寫，毫無意義。看清楚了作者的描述，就如見其形的生動起來。木箱子本在飼料間，所以應該是木條釘成的扁箱子，平常塞點稻草，可以裝貴重水果或酒。想像出木箱的模樣後，知道如果兩箱上下重疊，勢必太高，而且玩具屋應大過木箱子，重心不穩，所以兩箱應該是像左右兩根柱子似的擺法。

No harm could come to it; it was summer. And perhaps the smell of paint would have gone off by the time it had to be taken in.

五問：損害玩具屋與夏天有什麼關係？因果關係如何？

六問：何時玩具屋必須移進屋裡？為何？

答五：夏天是因，玩具屋不遭損壞是果。作者寫的是童年生活的紐西蘭，紐西蘭夏天天氣都好，沒有風雨。與台灣氣候是不同的。無風雨，故玩具屋不致損壞。

答六：到了冬天，玩具屋必須移進來，以避風雪。屆時油漆濃味道也散盡了。

For, really, the smell of paint coming from that doll's house ('Sweet of old Mrs. Hay, of course; most sweet and generous!') —but the smell of paint was quite enough to make any one seriously ill, in Aunt Beryl's opinion.

七問：括號裡的對話句子，是誰說的？為何此處有這不一樣的句法？這一句話的語氣如何？

答七：('Sweet of old Mrs. Hay, of course; most sweet and generous!') 與下一句 the smell of paint was quite enough to make any one seriously ill，都是貝莉爾阿姨所說的話，上一句直接引錄句，有先禮後兵的諷刺之意。一個人的言詞，變成兩種句型，是為求其變化。並且藉引錄句保留了原語氣的嘲諷意味。

無論寫什麼，都要不停的變。一句一句不同，才能引人入勝，這是寫作非要不可的一條路。句子變的過程，將會引起閱讀興趣。窮則變，變則通，不只小說應如此寫，散文也應如此。

同樣是貝莉爾阿姨的說話，用兩種句型表現，這就是上下句求變。

八問：玩具屋的氣味如何？

答八：玩具屋的氣味是很衝鼻的。此處以味道引出了貝莉爾阿姨的言詞，是整段唯一的一句對話句。

Even before the sacking was taken off. And when it was....

九問：And when it was....這一段最後一句只說了一半，為何不寫完？另一半在哪？

答九：此一結尾句並未完成，它的下半句，應該是下一段的整段。作者為何這樣寫？麻袋打開了，雖是表達「即使沒打開麻袋，味道仍讓人噁心，打開後更噁心」的意思，這一打開卻也好像舞台的幕簾打開了，因此以And when it was....來引出下一段對玩具屋的細節描述。（記錄者按：這一句，王文興讓學生討論了很久。）

這樣的戲劇性的寫法，布幕拉開，玩具屋的整體出現了，讓讀者驚奇。兩段連接就顯得有生命，否則就各自為政了。連接得巧妙，驚喜暗示就在其間。

十問：整段讀完，讓你印象最深的是哪一句？

答十：閱讀時要用critical的眼睛去看，不能沒自己的judgement。此段對嗅覺感官的描述很多，在一般文學小說與詩詞中常見感官描寫。有人也因此說，唐詩只是寫五官感覺而已。這第一段與第二段有開闔的風格，中國文章（尤其桐城派）講開闔。開是什麼？闔又是什麼？這最後一句的闔是收束起整段，也開了下一段的天地。這就是文章的開闔。開闔兼有，則前後都豐富了。

（記錄者按：王文興尊重學生所表達的見解，他不當面否定，但凡學生見解對的，他會表示同意。等學生都充分表達之後，他才講出正確的標準答案來。以上整段十個問題，王文興只主動先提過一個標準答案，那就是兩個木箱子的擺法是左右各擺一個的，他說：如果箱子疊在一起，英文會用sitting on，不會寫propped up on。）

There stood the doll's house,

十一問：這一句應該怎樣翻譯比較得當？

答十一：開頭一句要有開幕的感覺，應如何翻譯才有驚訝、驚喜的感覺？這一句的文字很要緊，可翻成「玩具屋就站在那裡！」「就在那裡啦！」

a dark, oily, spinach green, picked out with bright yellow.

十二問：玩具屋顏色的描述順序是如何？為何要如此細節描述？

答十二：顏色的描述是有層次的，由簡入繁，愈寫愈進入detail。

先讓人有大致印象，再描述細緻一些。就如此段第一句，是寫大致的色彩。以後諸句是寫細部的色彩。現在第一句，dark是寫綠色之深，oily是油亮，至於綠色描述加上了spinach形容，就有菠菜綠的意思，以前的菠菜比現在墨綠油亮多了。如果只描寫玩具屋有「黃綠兩色」，就太單調了。描述黃色時加上bright形容，可見其刺眼。

十三問：整個玩具屋的顏色搭配（color-scheme）如何？這顏色組合好看嗎？

答十三：整個玩具屋的色彩應該是綠多黃少，綠色為主，黃色只是間雜。亮亮刺眼的兩色，都是原始單調色，很商業化，說不上好看。一般玩具是刺激兒童注意，所以顏色不會高雅，而是亮刺。這兩色的描述是符合玩具的原始色，是小孩子的趣味。

十四問：這油漆是高級的還是一般油漆？

答十四：作者也寫出了油漆的等級，這玩具屋用的應該不是好的油漆。一般油漆，光不外露，含在裡頭是最好的。玩具屋用三等油漆是對的嗎？應該是對的。因為玩具屋的重點在內部，外表油漆要能經得起小孩推撞，所以油漆選擇是對的。一般三等俗氣的油漆都是閃亮的，本句的亮黃色更顯出劣等漆的特色。

第二講

如何寫形，色，味

〈原文〉

...Its two solid little chimneys, glued on to the roof, were painted red and white, and the door, gleaming with yellow varnish, was like a little slab of toffee. Four windows, real windows, were divided into panes by a broad streak of green. There was actually a tiny porch, too, painted yellow, with big lumps of congealed paint hanging along the edge.

But perfect, perfect little house! Who could possibly mind the smell? It was part of the joy, part of the newness.

'Open it quickly, someone!'

The hook at the side was stuck fast. Pat pried it open with his penknife, and the whole house-front swung back, and—there you were, gazing at one and the same moment into the drawing-room and dining-room, the kitchen and two bedrooms. That is the way for a house to open! Why don't all houses open like that? How much more exciting than peering through the slit of a door into a mean little hall with a hatstand and two umbrellas! That is—isn't it?—what you long to know about a house when you put your hand on the knocker...

〈譯文〉

黏在屋頂上的兩個實心煙囪，漆著紅白兩色；閃亮黃漆的小門，像一塊厚厚的太妃糖。有四扇窗戶，真正的窗子，用綠色粗線畫成窗格子。而且還真有一個小門亭呢，也是漆成黃色，邊緣還垂懸著一滴一滴的油漆。

多麼完美的一座小房子啊！誰還會在乎那股油漆味呢？那也成了喜悅、嶄新感覺的一部分了。

「來人啊！趕緊打開它！」

玩具屋旁邊的鉤子卡得緊緊的，派特用削鉛筆刀把它撬開，房子的整個前壁就掀開了。看哪！你一眼就可同時看到客廳、餐廳、廚房和兩間臥室。房門就應該那樣的開才是！為何不讓所有的房子都用這種方法打開？比起從門縫裡望見擺著衣帽架和兩把雨傘的小門廳，這有趣太多了，當你伸手扣響門環時，這不正是你渴望看到的房子裡的一切嗎？

〈課堂講解〉

（記錄者按：第二次上課，王文興談的內容，與第一堂一樣，依舊兩段。

這一次講解，與上一堂略有不同，王文興在提問與解說之間，因果環扣，已不可分割，因此無法與上一次一樣用問答方式記錄。

以下這幾句，王文興引導閱讀者在經驗、回憶、文字間，找出作者所表達的事實。）

Its two solid little chimneys, glued on to the roof, were painted red and white,

煙囪是什麼形狀？讀者必須在真假之間遊走，去找出玩具屋的煙囪形狀。

這實心的煙囪應該是立方體。為何不是圓筒形？又如何證明它是立方體？

現在看的是一個假的煙囪，我們的記憶中，真實的煙囪是什麼樣子？這真假之間的交錯，是閱讀時必須思考的。

記憶中的真實煙囪都是方的。玩具煙囪應該是大致類似而已，是粗率的表示煙囪形式即可，所以方的木塊最能代表煙囪。

還有一個方法證明此煙囪是方的，那就是顏色。玩具屋煙囪的顏色是紅白兩色，可知紅色是紅磚，白色是紅磚間的白黏土。那麼紅磚不可能是圓形的，故築成的煙囪當是方的。

另外，glued on to，須四面八方都是平的才黏得上去，所以此木塊是方的。

另外，真煙囪是空心的，玩具煙囪為何是solid實心的？主要是為了牢固，實心的一塊木頭除了製作簡便之外，亦不易摔壞，符合玩具的製作實情。

這一段落，必須從顏色→材料→記憶來想，讀者才能判斷出玩具屋煙囪的形狀。

這一個答案是從我們的real life得來的，但我們並不是居住在國外，這一個記憶經驗又從哪來的？應從外國電影、漫畫、聖誕卡等等來的，從這些經驗，讀者做出判斷，構想出小說中的真實感——亦即玩具屋仿造之假。

and the door, gleaming with yellow varnish, was like a little slab of toffee.

這一段也要能閱讀出玩具屋的假。從真實中去理解玩具屋並不真實，只是略似。

like a little slab of toffe的翻譯是「像一塊厚厚的太妃糖」。slab應譯「一塊厚厚的」。

為何描述門的顏色是閃亮的黃漆？與上一節課所說一樣，玩具油漆顏色要搶眼，才能吸引兒童目光，所以此門是亮黃。

為何強調木門的厚？厚，則不像是真的門，它脫離了形式之真，因為太妃糖太厚，所以不像是真門，真門是薄薄一片，而不是一塊的。所以，厚，又再一次強調了玩具屋前門之假。

厚，也是為了牢靠，與煙囪一樣都有牢靠與草率的需要，符合了玩具製作的實情。

整句最好的比方就是「太妃糖」。好的比方就是要形似，要傳神。

為何說「太妃糖」在此是良好的比方？

因為從前的太妃糖是奶油黃，或有檸檬口味的檸檬黃。現在從我們對太妃糖的記憶，聯想出玩具門的顏色、形狀、厚度、亮度等四個要點，所以把門比為太妃糖是個好的比方。此外，還有第五個理由，使這比方更生動，就是太妃糖屬兒童世界，乃兒童眼睛所熟悉之物，假如用珠寶來比方，就不屬於兒童經驗，就不是好比方。

以上，從煙囪到門的描寫，讓讀者在真假之間遊走，借用記憶來判斷，來構想。

下面幾句描寫窗戶，也與煙囪和門的句子相同，在真假之間遊走。

Four windows, real windows, were divided into panes by a broad streak of green.

閱讀要能提出問題，問到沒有問題為止。

此處為何說是real windows？既是玩具屋為何又說是真的窗戶？一、可能是可以推開的，二、簡直像是上了玻璃，看起來像真的窗戶。（其實只要視覺像真的，便是「真的」了，這窗戶能不能推開都無所謂了。）此句是說，每一個窗戶用綠色寬線分成數格玻璃，就像是綠木條分割開來，符合過去一般人家窗木都漆上綠色的習慣。現在玻璃加上木框，有玻璃又有綠框，看起來就像real windows了。

這四扇窗戶是在玩具屋的哪一個位置？

設想，應該是房屋正面的窗戶，不在側邊。而且是兩層樓各有兩個。

為何側面沒有窗戶？如果側面各有兩個窗戶，則正面不可能沒有窗戶，那麼加起來就不只四個。再者，四個窗戶不可能集中在一層樓，不合常理，故應一層各有二窗。

這樣的設想，是依據生活實際經驗得來的，可知是合理的設想。閱讀的設想空間即是如此。所以是要一直問到沒疑問為止。

There was actually a tiny porch, too, painted yellow, with big lumps of congealed paint hanging along the edge.

porch這個單字的意思是什麼？

閱讀時必要不停的查字典，即使是認識的字也要查清楚，用在不同的地方往往各有不同的意義。

porch是門亭，正面牆外多出來的一座門亭，與門廳（hall）是不同的。

There was actually a tiny porch, too,應翻譯成「還真有一個小門

亭呢」。

為何加上actually？語氣效果有不同嗎？

這actually是有驚訝的效果，與上一句real windows誠然有相同的功能，表達了小孩子看到門亭時的驚喜。

此處證明前文所言的主體顏色出現了，證明在門是黃色，門亭也是黃色。同時，要注意，上一堂先說綠黃二色，這一堂細寫何者為綠，何者為黃，層次分明，是負責任的小說寫作。

with big lumps of congealed paint hanging along the edge.這樣描寫油漆一滴滴的懸在邊緣理由是什麼？function為何？

這依舊是在描述玩具屋的製作草率，油漆沒有漆好。那麼製作時犯了什麼毛病？病在油漆用太多，滴了下來，細心的漆工都會再刷一次，現在證明勞作上並不仔細。

這一句寫得好的原因是什麼？它觀察入微，很具熟悉感，符合一般常見油漆懸垂的狀況。

描寫如要生動，所寫的內容應讓人有「熟悉感」（即親切感）（sense of familiarity）。

這第二段所描述的是玩具屋的外觀，並不急於伸延到屋內。寫作時，時候未到則不寫，寫時分段要有條理。

But perfect, perfect little house! Who could possibly mind the smell? It was part of the joy, part of the newness.

It was part of the joy, part of the newness.這裡的It指的是油漆味，這句說：油漆嗅覺是喜悅的一部分，也是嶄新感覺的一部分，這推翻了前面所說的油漆讓人作嘔的說法，那是大人的想法，對小孩而言油漆氣味好得很，一聞就有愉快嶄新的感覺。

這兩句話，是誰的口氣？speaker是誰？答：是作者。

作者又是模仿誰的語氣？答：模仿小孩的語氣。

怎知是模仿小孩的語氣？答：因為寫出了小孩看到玩具的興

奮感。

哪一個字可以看出小孩的興奮感？答：perfect, perfect兩字連在一起，感覺小孩邊說邊跳的說「真好！」

「誰在乎它的氣味」，這是推翻玩具屋味道難聞的說法。兒童世界與大人世界是不同的。對這油漆味道的感受，小孩與大人是有差別的。

一般生活中，還有什麼氣味，能代表成人與小孩的不同感受？答：汽油味、強力膠味等。

這類大人與小孩的認知差別，在於大人知其害處，小孩不知其害處。

'Open it quickly, someone!'

這句話可以代表周圍個個小孩的心聲，所以不指明是誰說的。

這some one兩字的用法，中國人講英文時不易學會。

"someone!"應當譯做「來人哪！」我們中國人講英文時很少會把someone當「來人哪」。

The hook at the side was stuck fast. Pat pried it open with his penknife, and the whole house-front swung back, and—there you were, gazing at one and the same moment into the drawing-room and dining-room, the kitchen and two bedrooms.

小孩急著看玩具屋的內部構造，但是玩具屋旁邊的鉤子黏得緊緊的。聽到眾小孩那一句叫聲，派特用削鉛筆刀把它撬開了。在想像中，玩具屋猶如是個盒子，它的蓋子被這鉤子鉤住了。

蓋子是在哪一部分呢？屋頂嗎？不是，而是它的前面（house-front），整面牆就是可以打開的蓋子。

這蓋子如何打開的？swing back是由內向外拉開的意思，也就是左右的打開，不是上下掀開。

there you were，這一句不可以直譯為「你在那裡」，應該翻成驚嘆語氣「看哪！」是說明興奮的看到了。

為何會驚嘆，興奮？因為看到了玩具屋的一切。下一句是關鍵字。one and the same moment，是說同一個時間看到了五個房間，一樓的客廳、飯廳、廚房，以及二樓的兩間臥室。

房屋橫切面的所見與平常是不同的，所以讓人目不暇給，更感興奮。平常看房子只能是一間一間的看，都被牆阻隔了，而玩具屋蓋子一推開，視覺無阻牆，五間房子一起展現在眼前。所以，這one and the same moment是key words，它顯示出興奮的意義。

That is the way for a house to open! Why don't all houses open like that? How much more exciting than peering through the slit of a door into a mean little hall with a hatstand and two umbrellas! That is—isn't it?—what you long to know about a house when you put your hand on the knocker...

That is the way for a house to open! Why don't all houses open like that?這兩句是小孩的幽默——這才是打開門的好方法，為何不讓所有的房子都用這種方法打開？可以一眼望穿一切。

但是這兩句尚意猶未完，延續語更在下二句。

一般開門看到的房屋，內部都是枯燥無趣的，因為開門那一刻都只微開，只能從門縫看到衣帽架和兩把雨傘，以及門後小小陰暗的空間。對小孩而言，是單調的，那感覺並不exciting——於是才會有孩童開門方法的綺想：希望像玩具屋似的，可以一眼望穿，因為這才是你敲門時，渴望知道的這一家人的真面目。

Knocker，是一般可以敲出聲音的門環。

以上四句話，都是兒童對日常生活一成不變的排斥，希望所有房子都可像玩具屋，則有趣多了。

第三講

把家具清單變成文學

〈原文〉

...Perhaps it is the way God opens houses at dead of night when He is taking a quiet turn with an angel....

'O-oh!' The Burnell children sounded as though they were in despair. It was too marvellous; it was too much for them. They had never seen anything like it in their lives. All the rooms were papered. There were pictures on the walls, painted on the paper, with gold frames complete. Red carpet covered all the floors except the kitchen; red plush chairs in the drawing-room, green in the dining-room; tables, beds with real bedclothes, a cradle, a stove, a dresser with tiny plates and one big jug. But what Kezia liked more than anything, what she liked frightfully, was the lamp. It stood in the middle of the dining-room table, an exquisite little amber lamp with a white globe. It was even filled all ready for lighting, though of course you couldn't light it. But there was something inside that looked like oil and that moved when you shook it.

〈譯文〉

也許，當夜深人靜，上帝與天使一起來巡視人間時，也是以這種方式，打開每一家的門吧。

「喔——喔！」伯內爾家的小孩驚絕的叫了出來。簡直太美妙了，太出乎預料了。她們出生以來，從未見過這樣的東西呢。所有的房間都糊上了壁紙，牆上還掛著畫，是畫在壁紙上的，還有金色的框框。除了廚房之外，所有地板都鋪了紅色的地毯，客廳裡擺著紅絲絨椅子，餐廳則是綠絲絨椅子。有桌子，有鋪著真正床單的床，一個小搖籃，一個火爐，一個五斗櫃，上面排放著一疊小碟子，有一個尖嘴大水壺。但是姬采儀最喜歡的，喜歡得要命的，卻是那盞燈，它擺在餐桌的正當中，有乳白色的燈罩與琥珀燈座，像已裝滿了油，隨時可點燃呢。當然啦，你是無法點亮它的。但是，燈裡卻裝著像油一樣的東西，搖搖它還會晃動呢。

〈課堂講解〉

前一堂課，最後幾段描寫小孩對一般房子的綺想，作者愈寫愈深入。下面這一句，小孩子的綺想則是更進了一步：

Perhaps it is the way God opens houses at dead of night when He is taking a quiet turn with an angel....

小孩想像，上帝與天使在無聲的夜晚一起來巡視人間的時刻，也是以這樣的方式打開人們的家門，一眼望穿每一家的內部。

這種幻想是亦莊亦諧的。可以當它是兒童無知的幻想，但也可以當成是相當嚴肅的神學思考。

為何這一句話具有神性（theos）思考？因為它表達出上帝的全知全能。神與人不同，祂的spirit是可以毫無阻礙，無孔不入的，即使銅牆鐵壁也過得去。

小孩相信，神是天天來人間巡視一次的，尤其是來探望小孩這一天表現得如何。祂就是這樣穿牆而入，一覽無遺，可以同時望見每一個房間。

也可以說，神在同一個時間，可以看見世上無數的地方，看見千千萬萬的人，神是有千眼的，與佛經所說千手千眼的神性是相同的。

因此說，這一句話可深可淺，亦莊亦諧。

西方的神學裡，天使是人神之間的溝通橋梁，所以上帝巡視人間，必有天使相伴。作者未忘了言及天使，是亦傳達了小孩的想像，因小孩的繪本讀物中多有天使。

'O-oh!' The Burnell children sounded as though they were in despair. It was too marvellous; it was too much for them. They had never seen anything like it in their lives.

'O-oh!'兩個音節，讀時聲音要拉長，表示好得受不了，是驚嘆。以下的每一句話都在解釋前面這個'O-oh!'。

小孩異口同聲的喊出'O-oh!'，好像他們失望透頂（in despair）。

這一句很重要。為何這一聲是失望透頂？那應是什麼感覺？原本是極端的高興，非常的興奮，何以結果發出的聲音卻是極端的失望，何以兩種差別的感情表達卻相同。蓋因人到高興的極致時，反而發出像是悲哀的聲音。這in despair並沒寫錯。這是奇怪的人性現象，也是存在主義（existentialism）所討論的問題。

那麼很高興時，為何發出悲哀的聲音來？此原因在，人的表情種類不夠用。此處至少是高興的表情不夠用。微笑、大笑、歡呼跳躍，三種表情之外，就沒有第四種高興的表情了。只好轉回來借用相對的表情，發出相反的聲音。

其實，相反的一面，要知道，人類悲哀痛苦的表情也是不夠的。

這玩具屋為何讓小孩感覺好到他們從未見過？It was too marvellous; it was too much for them.

這就必須詳細寫出小孩到底看到了什麼，否則以上的高興便是無根之談。

以下幾句都是詳細描述小孩所見。

All the rooms were papered. There were pictures on the walls, painted on the paper, with gold frames complete. Red carpet covered all the floors except the kitchen; red plush chairs in the drawing-room, green in the dining-room; tables, beds with real bedclothes, a cradle, a stove, a dresser with tiny plates and one big jug.

這些細節描述，列舉了十幾樣玩具屋的內容，讀起來像是在描寫一間真的房子。不經心的初讀，感覺只是非常乏味的列出一串家具清單。但是每一句經過了閱讀者想像，就不是枯燥的家具清單，而是生動的玩具內容。

讀者如何進行想像？這就必須詳細閱讀，將每件玩具屋的物品「視覺化」（與前面第二段是一樣的）。所以這一段要讀得很慢，一句一句的細嚼慢嚥。

第一句：All the rooms were papered.

所有房間糊上了紙，有什麼美妙，足以讓小孩嘆為觀止？

房間貼上的是壁紙，還是一般的紙而已？此處貼的應是壁紙。紙與壁紙有什麼不同？除了材質不同、最重要是壁紙有很多花紋圖案，今玩具屋的壁紙也跟真壁紙一樣有圖案，有許多人物、風景、船……，而玩具屋壁紙的圖案更須縮小百倍，這就讓小孩驚嘆了，如果只是貼上一般的壁紙，也無須驚嘆。

總之這裡說的紙，並非白紙，而是壁紙，且是縮小百倍的壁紙，其美妙在此。

第二句：There were pictures on the walls, painted on the paper, with gold frames complete.

牆上都有畫，這些畫是畫上去的，還是掛上去的？

牆上的畫，是畫在紙上的，且有金色的邊框。所以是掛上去的圖畫，等同一般住家的牆壁裝飾。

這一句的美妙又在哪裡？一般牆壁的畫，假設是A3大小，今玩具屋的掛畫卻縮小了一百倍，且畫裡還有山、水、人物、鳥獸，今看到這小畫的內容，小孩子能不驚嘆？更驚奇是那金色的畫框，一般真的畫框已經很細了，縮小一百倍，細的幾乎看不見了，手工無法再纖巧了。四枝金色細小木條，合成框子，是難之又難的handicraft，是精巧的手工勞作。而且是每一房間都有掛畫，一間不只一張，每張畫又必然不一樣。說不定還有人像畫，眼睛鼻子都俱全呢！小孩豈不是加倍的嘆為觀止？

第三句：Red carpet covered all the floors except the kitchen; red plush chairs in the drawing-room, green in the dining-room; tables, beds with real bedclothes, a cradle, a stove, a dresser with tiny plates and one big jug.

這一段列出更多的家具清單。只看成清單則毫無美感，但是若與前面同樣的細看，則妙不可言。

如何把這長串清單救活起來？我們一字一字來看：

carpet，地毯：

除了廚房外都鋪著紅色地毯。

這有什麼微妙？與前面說的壁紙是一樣的，紅色地毯的材質美妙。除此，這句還有什麼是好的？好在合理真實。它說只有廚房不鋪地毯。一般廚房易髒，是不會有地毯的，所以這是寫實的廚房；一般真實的廚房大都是bare floor，這是建築上的常規。玩具屋可真是考慮周到，其妙在此。

plush chairs，絲絨椅：

客廳有幾張紅色絲絨椅，餐廳另有綠色絲絨椅。

絲絨椅不是一般小椅凳，我們應該想像：絲絨椅是華麗的，應該配有黑漆的木材當靠手、椅腳。

後又說，餐廳的絲絨椅是綠色，有別於客廳的紅色。兩廳顏色不一，這亦妙不可言。

首先，一般客廳與餐廳的椅子不能一樣，這是屬於家具學的範疇。再者，紅、綠兩色亦不可對調，亦不可顏色一致，亦不可改用別的材質，而不用絲絨。

因為任何表面的修改，都違背了十九世紀、二十世紀初的巴洛克風格。以現代眼光看，應該不會想到用紅綠兩色，現代家具採極簡主義，線條顏色都簡單了，以黑白兩色居多。但是巴洛克風格，大半是宮殿風格，黑木材配紅綠色絲絨是不可以隨意變易的，甚至它的線條必然是雕鏤華麗，曲線彎折，絕不是直捅線條。而客廳絲絨是紅，飯廳是綠，二色不能對調，這也是巴洛克家具的成規。

小孩看到這樣的絲絨椅，簡直要說妙不可言了。

tables，桌子：

一般說的table，有哪些功能？餐桌、書桌、茶几、床邊桌、擺設桌都可以算是，但以餐桌及茶几最主要。此處當指餐桌與茶几。

Table一個字，在此有什麼理由說妙不可言？你要設想table上頭鋪有桌布，這就更妙了，即使沒桌布，一定有四隻腳，桌腳定然很細，這是讓人驚訝的精美之處。

beds，床：

床鋪上有真正的床單。

此處的床，也與桌子一樣的要雕得很像是真實的。更了不起的是床上居然還有真正的被單、床單。

那麼真正的床單有何妙處？床單之妙在於它有很多層，摺疊得像旅館的床鋪一樣，一層加一層，這麼小的床還要鋪上幾層床單，亦妙不可言。

a cradle，搖籃：

二樓的臥室有一搖籃，這有什麼好的？搖籃，一定有小機關可以搖擺，裡頭應該還有床具，要做到像真的可不容易。而且它的形狀也奇特，而且用竹籐編成小小的網狀搖籃，相當困難，說不定得找籐絲，用放大鏡來編呢！

a stove，火爐：

想像一下火爐有什麼了不起？這不是壁爐而是火爐，多半是銅爐或鐵爐，它必須像真火爐，等於是一個很複雜的雕塑。

設想它像中國商周時期的銅器一樣的複雜，它的材料是金屬的，表面圖形不平且複雜，或雕成獸首，獸嘴，甚至有很小的一扇爐門，有四腳或三足，頂上有蓋，爐腹雙邊有小把手……。

所以，這一個字代表的不是一個平面，而是立體的巴洛克式火爐。

a dresser，五斗櫃：

這五斗櫃的美妙，應在於它有門，是可以打開的，而且是透明的，櫃裡有格層，應是一件難做的手工品。說不定上頭還有玻璃，就更難了。

tiny plates，小碟子：

五斗櫃已經夠小了，還有更小的碟子放在裡面。小小的瓷盤應是白色，甚至有花紋的，且不只一個，有的是展示的立起，有的是平放的。一小片盤子大概有多大？應比隱形眼鏡還小。

big jug，大水壺：

最後這一件，是重要的擺件。五斗櫃內必然有水壺，也許是裝牛奶之用。

Jug是什麼形狀？它一定有把手、尖嘴、蓋子、中空的圓肚子，細壺頸，比真實的水壺要縮小一百倍，要能放進五斗櫃裡，更難了。

這大水壺是精彩的物品，是小孩所有的驚奇裡最大的驚奇，為何？因為小嗎？其他的也都小。小只是水壺的妙，水壺不只是妙，應是美加妙，美妙。它的美在於形狀顏色，擺設好看。它的理想顏色應該是白色的，加上圓腹細頸尖嘴的造型，是屬於茶壺的藝術了。既妙且美，因此水壺擺在最後描寫。

以上九項物件的描寫，都是在解釋小孩們喊出"O-oh!"的理由。也可以說，一聲驚嘆當起頭，統帥了後頭的一切一切。

所有的驚嘆之後，最後還有一樣，必須單獨講：

But what Kezia liked more than anything, what she liked frightfully, was the lamp. It stood in the middle of the dining-room table, an exquisite little amber lamp with a white globe. It was even filled all ready for lighting, though of course you couldn't light it. But there was something inside that looked like oil and that moved when you shook it.

所有列出的玩具屋玩具裡，姬采儀最喜歡的東西是lamp。

整篇小說的兩個主角，姬采儀與lamp，出現了，一個是人（person），一個是物（object）。二者都是全文的聚焦點（focal points）。

此處主角姬采儀的出現，是小說重要的寫法。即，宜乎沒頭沒腦，無端的出現，不須先有介紹的廢話，也無須太多旁枝末節的描寫，讓主角該出現時就貿然跳出，這樣的寫法較明快。

姬采儀喜歡油燈，喜歡得要命。frightfully這個字用得好，因為這個字，是兒童的口語──喜歡得「要命」、「要死」，frightfully不是「可怖」，這是以兒童用語表達兒童情緒。

以下的描述是說明為何這座小燈，會讓姬采儀喜歡得要命。這更需要細讀：

餐桌已經很小了，油燈就擺在餐桌正當中，可知此燈體積有多小。接著清楚描述油燈的構造。它的材質是琥珀，由燈座、燈罩兩個部分結合而成。燈罩是乳白色的圓球狀。

油燈甚至是裝滿油，隨時可點亮的。「當然你不可點亮它」，可見不是真的油，兒童的幽默感出現了，等於說，點了話，就要火燒玩具屋了，所以好笑。

但是又看起來真的有油呢，其實只是液體，顏色稠度感覺像油而已，它搖一搖還會動呢。這油的視覺，都是底座的功勞，它是琥珀製成的，琥珀是半透明的，所以看得見油。

這個油燈應該是所有玩具的第一妙，比其他都好。妙在於精細，小小油燈居然可裝油進去，而且可以搖晃遊玩。可知製作有多精細。

而它的美更是超過了水壺，因為圓罩及燈座的外形美，顏色一褐一白，亦美。加上琥珀是寶石，更有材質高貴之美。重要的是，油燈具有象徵功能，因為燈象徵供給人間的光明，是詩意象徵，此象徵也增加了檯燈之美，是檯燈的內在美。

所有詩的象徵都不會只是平面的意義，都須是別有內含（implication），就像此燈象徵提供人間的光明，這人間的光明是它的內含。

第四講

學校中的階級偏見

〈原文〉

The father and mother dolls, who sprawled very stiff as though they had fainted in the drawing-room, and their two little children asleep upstairs, were really too big for the doll's house. They didn't look as though they belonged. But the lamp was perfect. It seemed to smile at Kezia, to say, "I live here." The lamp was real.

〔The Burnell children could hardly walk to school fast enough the next morning. They burned to tell everybody, to describe, too—well—to boast about their doll's house before the school-bell rang.

'I'm to tell,' said Isabel, 'because I'm the eldest. And you two can join in after. But I'm to tell first.'

There was nothing to answer. Isabel was bossy, but she was always right, and Lottie and Kezia knew too well the powers that went with being eldest. They brushed through the thick buttercups at the road edge and said nothing.

'And I'm to choose who's to come and see it first. Mother said I might.'

For it had been arranged that while the doll's house stood in the courtyard they might ask the girls at school, two at a time, to come and look. Not to stay to tea, of course, or to come traipsing through the house. But just to stand quietly in the courtyard while Isabel pointed out the beauties, and Lottie and Kezia looked pleased. . . .

But hurry as they might, by the time they had reached the tarred palings of the boys' playground the bell had begun to jangle. They only just had time to whip off their hats and fall into line before the roll was called. Never mind. Isabel tried to make up for it by looking very important and mysterious and by whispering behind her hand to the girls near her, 'Got something to tell you at playtime.'

Playtime came and Isabel was surrounded. The girls of her class nearly fought to put their arms round her, to walk away with her, to beam flatteringly, to be her special friend. She held quite a court under the huge pine trees at the side of the playground. Nudging, giggling together, the little girls pressed up close.]

And the only two who stayed outside the ring were the two who were always outside, the little Kelveys. They knew better than to come anywhere near the Burnells.

For the fact was, the school the Burnell children went to was not at all the kind of place their parents would have chosen if there had been any choice. But there was none. It was the only school for miles. And the consequence was all the children in the neighbourhood, the Judge's little girls, the doctor's daughters, the storekeeper's children, the milkman's, were forced to mix together. Not to speak of there being an equal number of rude, rough little boys as well. But the line had to be drawn somewhere. It was drawn at the Kelveys. Many of the children, including the Burnells, were not allowed even to speak to them. They walked past the Kelveys with their heads in the air, and as they set the fashion in all matters of behaviour, the Kelveys were shunned by everybody. Even the teacher had a special voice for them, and a special smile for the other children when Lil Kelvey came up to her desk with a bunch of dreadfully common-looking flowers.

They were the daughters of a spry, hard-working little washerwoman, who went about from house to house by the day. This was awful enough. But where was Mr. Kelvey? Nobody knew for certain. But everybody said he was in prison...

（記錄者按：上列原文第二段起括號部分，因為課程進度之故，在課堂上省略講解。不過，在最後一次上課時，王文興仍將這些段落補述上去。

為方便閱讀，省略部分，依然翻譯全文。課堂補述部分，亦補上去。）

〈譯文〉

玩偶父親和玩偶母親伸開四肢，僵硬躺著，像昏倒在客廳裡，兩個小孩則睡在樓上。對玩具屋來說，這些玩偶實在太大了，好像並不屬於這幢房子。但是那盞燈卻是完美的，它好像對著姬采儀笑，對她說：「我在這兒。」這可是一盞真實的燈。

第二天早晨，伯內爾家的小孩們，盡可能的加快腳步趕到學校去，她們心急的想在上課鈴聲響之前，對每一位同學描述——應該說是炫耀玩具屋一番。

「由我來講，」伊莎貝爾說：「因為我是大姊。你們可以跟著我說。但是先得讓我來說。」

這沒的說，伊莎貝爾霸道，而且她一向是正確的。當老大的具有什麼權力，洛蒂和姬采儀很瞭解。她們一言不發的撥開路邊濃密的金鳳花叢，穿了過去。

「而且由我決定誰先來參觀。是媽媽說我可以這樣的。」

原先已經講好，只要玩具屋還放在院子裡，她們就可以邀請學校的女孩子來觀賞，每次邀兩個。當然不留她們喝茶，也不許她們到屋裡來亂走動。只能安靜的站在院子裡，讓伊莎貝爾指給她們看那件精品，洛蒂和姬采儀則只能滿臉笑容……。

儘管他們一路急走，但是當她們走到男生操場邊，塗柏油的柵欄旁時，刺耳的鈴聲已經響了。她們剛剛脫下帽子，站進隊伍裡，點名就開始了。這沒關係，伊莎貝爾想彌補這一切，擺出了一副莊重而神祕的神情，用手掩著嘴，對她身旁的女孩說：「等遊戲時間時，告訴你們一件事。」

遊戲時間到了，伊莎貝爾被團團圍住。同班的女孩們爭先恐後的挽她、跟她走在一起、諂媚她、當她最好的朋友。操場邊巨大的松樹下，她引來了一群追隨者，小女孩們妳推我擠，格格的笑，向她緊緊圍攏過來。只有兩個女孩站在圈子之外，她們——小凱爾維姊妹一向只能站在人群外，她們心裡有數，不能走到離伯內爾家姊妹太近的地方。

事實上，如果可以選擇的話，伯內爾家孩子們所上的學校，絕不是這些父母們願意選擇的學校。但是，沒有選擇的餘地，方圓幾公里內，這是唯一的一所學校。結果，附近所有的小孩——法官的小女孩、醫生的女兒、雜貨店老闆、送牛奶的孩子們，都混雜的擠在這個學校了，更不用說還有一半粗魯頑皮的男孩子了。但總是要有一條界線，界線就劃在凱爾維姊妹這裡。許多的孩子，包括伯內爾家的孩子，甚至都不准跟她們說話。經過凱爾維姊妹身邊時，她們頭總是抬得高高的，由於她們的一舉一動有引領風潮的作用，於是每個人都避開了凱爾維姊妹。連老師和她們說話時，聲調也不一樣。當麗兒・凱爾維捧著很不起眼的一束花走到老師書桌旁時，老師衝著其他小孩露出異樣的微笑。

她們是那位敏捷、勤快的小個子洗衣婦的女兒，她白天挨家挨戶的送取衣服。這已經夠糟了。凱爾維先生又在何處呢？誰也不能確定。大家都說他人在牢裡。

〈課堂講解〉

上一堂課，小說內容描述了玩具屋裡的種種擺設，如今接著描述屋裡的娃娃（人物）。

The father and mother dolls, who sprawled very stiff as though they had fainted in the drawing-room, and their two little children asleep upstairs, were really too big for the doll's house. They didn't look as though they belonged.

玩具屋裡一般是應該有洋娃娃的。這個玩具屋的一樓擺了兩個人物——玩偶父母。他們看起來如何呢？看起來僵硬，四肢攤開，像昏倒在客廳裡。加上樓上有兩個小洋娃娃，是扮演兩個小孩，他們體積都太大了，感覺都不屬於玩具屋。

這樣描寫四個玩偶是否逼真？

玩偶的描述是非常逼真的。就姿態來說，以前的玩偶不似今天那樣好，布玩偶的四肢都是縫上的，往往只能朝一個方向僵挺伸展，看起來是像昏倒，這姿態描寫得相當神似。而這姿態又與娃娃的材料有關，不管是布料，還是膠料，都顯得僵硬。

另外還有一個描述，也寫得像，那就是體積太大了。為何寫得像？比例太大所以不像真實，這個「不像」正是它的「像」。因為玩具屋總有缺點，屋子本身盡善盡美，而玩偶卻不是一起製作的，是另外找來的，原不屬於這房屋，應該屬於更大的空間。這玩偶正是這個玩具屋的缺點。所以描寫上是逼真的。

But the lamp was perfect. It seemed to smile at Kezia, to say, 'I live here.' The lamp was real.

玩偶雖然不完美，不像真的，但是無所謂。那座燈是完美的，是真實的。它甚至有表情的，還能微笑著對姬采儀說話：「我在這兒。」

「玩偶不完美，沒關係，屋裡有這燈就夠了」——這句話是誰的觀點？

顯然的這是從作者，也是從姬采儀的重疊觀點來寫的一句話。

這句話把兒童心理寫真了。兒童只要喜歡一物，幻想就靈活，看花則與花講話，喜歡貓狗便與貓狗講話。這是兒童的想像，是從故事書學來的想像力。所以，姬采儀喜歡這好看的燈，乃想像它在笑，在說話，這種描寫是寫透了兒童的心理，是以兒童的眼光所說的一句話，所以才是真。如果這是一個成人角色，恐怕就不能這樣寫，成人是沒時間去想像這些的。

這也讓人感覺到姬采儀與此燈有心靈上的相通，接著後文因此發展出了二者之間的關係。這一句話正是開始。

以上玩具屋的真假都寫過了，不管真假都是真，這裡的假也是真：顏色太鮮豔，煙囪、門也不對，娃娃太大，這些不真也都是真。

玩具屋描述既然已經完整了，以下再也不需要描述小屋的細節了，開始進入了故事的action。

寫作，是設計出來的，甚至是列表固定了故事的進展後，再下筆寫。

They brushed through the thick buttercups at the road edge and said nothing.

上學途中要經過一大片的buttercups。文後寫到凱爾維姊妹放學時也經過了，這是前後呼應的。放學時凱爾維姊妹的身影投在花田裡，可見平時大家是走在大馬路上的。而此刻伯內爾家小孩卻必須撥開花田走過，可見她們是走在田裡，與大馬路是交叉的。

那麼，為什麼兩家人路線不同？誰行不由徑？伯內爾家小孩的確未走該走的路，因為就要遲到了，只好抄近路走。為何遲到？因為她們看玩具屋花掉太長時間了，快趕不及上學了。

But just to stand quietly in the courtyard while Isabel pointed out the beauties, and Lottie and Kezia looked pleased....

當伊莎貝爾在誇示玩具屋時，洛蒂和姬采儀只能露出笑容，不可講話。這一句的描寫已有抗議的味道。

But hurry as they might, by the time they had reached the tarred palings of the boys' playground the bell had begun to jangle.

她們沒走學校正門，而是從側面跨過柵欄進入操場，除了上面說的跨過金鳳花叢，這又印證了她們上學是一路急趕的。

Never mind. Isabel tried to make up for it by looking very important and mysterious and by whispering behind her hand to the girls near her, 'Got something to tell you at playtime.'

Never mind，沒關係，什麼事沒關係？遲到了沒關係，終究是趕上點名了。

但伊莎貝爾想掩飾遲到這件事，用一種煞有介事的表情掩嘴偷偷的說……。為何掩嘴？是偷偷的說，不讓老師看見。

And the only two who stayed outside the ring were the two who were always outside, the little Kelveys. They knew better than to come anywhere near the Burnells.

當同學們都繞著伯內爾家姊妹圍成一圈時，只有凱爾維家的兩個小孩在圓圈之外。描述了這兩個女孩很識相，在這個學校裡，她們該有分寸。

For the fact was, the school the Burnell children went to was not at all the kind of place their parents would have chosen if there had been any choice. But there was none. It was the only school for miles. And the consequence was all the children in the neighbourhood, the judge's little girls, the doctor's daughters, the storekeeper's children, the milkman's, were forced to mix together. Not to speak of there being an equal number of rude, rough little boys as well.

這一段表明了當時的階級觀念。類似伯內爾家的父母們如果能選擇的話，一定不會把小孩送到這個學校的。但是方圓之內只有此一學校，別無他法，其結果是各行各業的小孩們，混在一起上課了。更不用說，有一半的學生是粗魯、頑皮的男生。可見伯內爾家的父母心中理想的學校是女校。

這段說出父母們勉強送小孩進這所學校，寫出他們的偏見與過度的優越感。他們認為相同身分階級的小孩才可同一個學校上課，而且應該是男女分校的。

這是上一世紀的學校教育觀念。如今，偏見已修正，階級也放棄了，當今世界的教育系統已經公平與寬容。

雖然西方也偶有保留以前的階級教育系統，那就是私校。這裡卻有一個值得深思的問題：什麼是公平？什麼是不公平？改善了過去的偏見與階級，好像也不一定公平。把從前所謂的不公平全部消滅了，好像也是一種不公平。

公立與私立學校並存，是較好的教育制度。因為學費較高，訓練菁英的私校也有必要。西方的資本社會確實如此，你可以說這樣不公平，應該全部改善上一世紀的觀念，沒有私立學校。

世界上確有這樣的地方，那就是極端社會主義的國度，它與資本主義制度是不同的。

然而社會主義的劃一性公平，其結果是高壓式的公平，而且傷害了教育的品質。似乎只有西方公私立並行的教育制度方比較理想。

But the line had to be drawn somewhere. It was drawn at the Kelveys. Many of the children, including the Burnells, were not allowed even to speak to them. They walked past the Kelveys with their heads in the air, and as they set the fashion in all matters of behaviour, the Kelveys were shunned by everybody.

這個不分階級的學校，總還是有一個界線，學生們就把界線劃在凱爾維家小孩的身上。

劃出這一線後，上面又分四個階級，即法官的、醫生的、雜貨店老闆的、送牛奶的女兒四階級。這裡可知法官最高。這跟我們的不同，我們好像醫生最高。雜貨店老闆是商人，居第三，送牛奶的是勞工，居第四。這四個階級描寫了小鎮上的社會結構。至於凱爾維家的小孩，則更在這四個階級之下。

很多小孩，包括伯內爾家的小孩都不與凱爾維家的小孩來往，經過她們身邊時，頭都抬高高的，而她們在學校又有帶頭作用，人人都學她們，於是這一條界線就更清楚了。

十九世紀的英國文學，如珍・奧斯丁，小說內容多有婚姻與階級觀念的兩大主題。二十世紀，階級觀念漸有改善。英國文學於是轉向了，階級觀念轉為種族問題，特別是黑白種族問題，如福斯特的小說。

我們這一篇雖然只描述小學生活，但以小看大，它並未脫離英國小說討論階級區分（class distinction）的主軸。

Even the teacher had a special voice for them, and a special smile for the other children when Lil Kelvey came up to her desk with a bunch of dreadfully common-looking flowers.

不只學生之間劃清界線，連老師也不可避免的有根深柢固的階級觀念，這無形的幽靈無法消滅。老師對凱爾維家孩子講話都有特別的聲調，特殊的微笑。當麗兒走到老師桌前來獻花時，老師卻轉身對著其他同學露出特殊的微笑。

一般節日或老師生日的時候，送花給老師是禮貌的行為，現在老師卻反而轉對班上學生露出了特殊的微笑。這一句寫出老師表情的醜惡。學生平常固已如此，連老師也在無意中流露出階級觀念。

這一句是好句子。

什麼是老師的special voice？是嚴厲的聲音？還是輕視的聲音？此處不可能是嚴厲的聲音，也不可能是輕視的聲音。因為老師還是知道是非，只是無意間流露出不自然的聲音。聲音是重要的描寫，而描寫微笑更重要，因微笑的意思更多，因為老師不是對著麗兒笑，而是對其他同學笑，等於老師與其他小孩之間，有一種不該有的聯盟默契，彼此傳達了一種意識，婉轉的寫出了老師的階級意識，因為老師比小孩知道是非對錯，所以此處不能過分的表達老師的階級意識，只宜間接含蓄的表達出來。這是很得體的描述。

They were the daughters of a spry, hardworking little washerwoman, who went about from house to house by the day. This was awful enough. But where was Mr. Kelvey? Nobody knew for certain. But everybody said he was in prison...

我們可以說，上一段描寫的是學校的階級觀念，這一段則開始詳寫受傷害的兩個小孩。故可以說，上一段是概論，是總論（introduction），這一段是個案詳情（illustration）。

同時這一段與前面描述玩具屋的一大段，有相同的方法，就是重點都集中在描寫，只是這回描寫的是人物，而非物體。

那麼如何描寫人物？描寫人物的目標，也是要寫到「真」，如同寫玩具屋那樣的求「真」。而這一段除了描寫凱爾維家的兩個小孩個性之外，也寫出了媽媽的個性。

第一句話寫的就是媽媽——洗衣婦。只用一句話寫出一個洗衣婦，要寫得好並不容易。

這洗衣婦的工作是每天一家一家的收衣服回來洗。spry, hardworking, little三個字都形容洗衣婦，這我們等一下再講。這一句話描述了一個典型的女勞工，是很成功的女性工人描寫。這一句中有多少現象可以解釋？我們從頭分別來看。

from house to house by the day，代表工作時間長，已經略微透露出對人物的同情。

washerwoman，此職業特具階級代表性，是十足的工人階級。

工作態度：勤勞辛苦到了極點，幾乎是整天的在做事。

外型描述：描寫其身材矮小是很好的筆法，破除了一般成見，認為賣勞力的都是高大的。小個子的外型，更帶著勞工的苦痛，暗示體力雖到不了，但為了生活還是要咬牙苦幹。這樣的體型描述，也是對她的同情。

小個子，除了表達了同情體力不足之外，也說明了勞工階級的遺傳，little牽涉到生活疾病痛苦、營養不良等等的遺傳。這一個字，little，實有著多層的代表性。

hardworking，表示勤奮之外，也說出了體力負擔超重。

spry，雖然種種工作條件上的不利，但仍然精力充沛，在勞工階層可以常常見到這種人。活力充沛超過體能，這是可能的嗎？為何可能？從體力來看spry，它可能是負面的體力，並非自然的健康狀態，也許是一種無法慢下來的神經質，操勞過度的神經質，更也許是晚上睡不好的亢奮造成她的spry looking。

還有其他負面的可能嗎？喝酒、吸毒都有可能。為了增強體力，英國男女勞工也不例外的喝烈酒，酒精可以幫助活力，如果是吸毒，也非不可能，也是不得已。

正面說是有活力的，但負面亦可解釋為依靠酒精，這正負並不牴觸，反而兼有，反而描出了full picture，是人物的全面圖。

這一整句，把一個女工寫活了。

下一句，This was awful enough，「這已經是夠可怕了」，這是作者語言加上其他小孩偏見的語言，是針對上一句而來。這一句的偏見是什麼？為何在小孩眼中是可怕的？其實洗衣婦的罪，只是貧窮而已，因貧窮而工作辛苦，變成了非我族類。這是一句帶有階級偏見的話，且有反諷（irony）的意思，譏諷眾兒童的偏見，表明上述已夠可怕。而這一句偏見也為了連接下一句，描寫凱爾維先生。沒有人知道凱爾維先生在哪裡。因為不名譽，所以不讓人知道，但卻是每個人都知道凱爾維先生在牢裡——所以他是一個沒有住址的人，的確沒有人知道他的住處。

第五講

貧苦姊妹的描寫

〈原文〉

... So they were the daughters of a washerwoman and a jailbird. Very nice company for other people's children! And they looked it. Why Mrs Kelvey made them so conspicuous was hard to understand. The truth was they were dressed in 'bits' given to her by the people for whom she worked. Lil, for instance, who was a stout, plain child, with big freckles, came to school in a dress made from a green art-serge table-cloth of the Burnells', with red plush sleeves from the Logans' curtains. Her hat, perched on top of her high forehead, was a grown-up woman's hat, once the property of Miss Lecky, the postmistress. It was turned up at the back and trimmed with a large scarlet quill. What a little guy she looked! It was impossible not to laugh. And her little sister, our Else, wore a long white dress, rather like a nightgown, and a pair of little boy's boots. But whatever our Else wore she would have looked strange. She was a tiny wishbone of a child, with cropped hair and enormous solemn eyes—a little white owl. Nobody had ever seen her smile; she scarcely ever spoke. She went through life holding on to Lil, with a piece of Lil's skirt screwed up in her hand. Where Lil went, our Else followed. In the playground, on the road going to and from school, there was Lil marching in front and our Else holding on behind. Only when she wanted anything, or when she was out of breath, our Else gave Lil a tug, a twitch, and Lil stopped and turned round. The Kelveys never failed to understand each other.

〈譯文〉

原來她們是一個洗衣婦和一個囚犯的女兒，可真是別家孩子的好夥伴呀！而她們看起來也確實是那麼一回事。凱爾維太太為何把她們打扮得如此惹眼，實在讓人不解。事實上，她們穿的破爛拼湊衣服，都是凱爾維太太工作地方的人們給她的。先說麗兒——高大、不標緻、滿臉大雀斑的女孩——上學所穿的外衣，就是用伯內爾家的綠色斜條紋的桌布，以及羅根家紅絲絨窗簾做的袖子，拼湊而成。擱在她高高額頭上的成年女人的帽子，本來是女郵政局長萊基小姐的財產。帽子的後沿向上翻捲，還插著一根猩紅色的大羽毛。好一個小大人！見了她，不可能不笑出來的。她的小妹妹——寶貝艾爾西——穿了一件長袍，簡直像件睡衣，和一雙男孩的小長統靴。但是，無論寶貝艾爾西穿什麼，都讓人感到奇怪。她是個子瘦小得像雞胸骨的小孩，短髮平鋪在頭上，有著嚴肅的大眼睛，活像一隻白色的小貓頭鷹。誰都沒見她笑過，她也很少說話。她手裡始終緊抓住麗兒的裙角，麗兒走到哪，寶貝艾爾西就跟到哪。在操場上，在上學或放學的路上，往往是麗兒在前面大步走，寶貝艾爾西則緊緊跟在後頭，只有當她需要什麼東西，或者走得喘不過氣來的時候，寶貝艾爾西就用力拉一拉、急急扯一扯麗兒，麗兒就會馬上停住，轉過身來。凱爾維姊妹彼此瞭解，從不會誤會。

〈課堂講解〉

So they were the daughters of a washerwoman and a jailbird.

這兩個小女孩是「雙料」的結果——洗衣婦加上囚犯的女兒。

Very nice company for other people's children! And they looked it.

這第一句是反諷句，「她們是別家小孩的好搭檔」，其實意思則是最不好的友伴。And they looked it，這it指的是前面的主詞Very nice company for other people's children的Very nice company而言。她們看起來也確實是如此（即：焉能是好搭檔？）。那看起來如何呢？下面即進入兩個女孩外表相貌的描寫。

Why Mrs Kelvey made them so conspicuous was hard to understand.

第二句諷刺這個媽媽，不懂為何將女孩打扮得如此刺目。

The truth was they were dressed in 'bits' given to her by the people for whom she worked.

為何引人側目？是小女孩的衣服太惹眼。事實上，這些衣服都是凱爾維太太從工作的地方，東撿西湊，找來一些布料拼出來的。

此處三句話連貫性很強，第一句諷刺二人可當好伴侶。第二句解釋前一句，因為她們引人注目，所以是好友伴。第三句則解釋第二句，說明她們為何如此引人注目。這是一口氣連下來的三句話。

接著開始細寫兩個女孩的外表了。

Lil, for instance, who was a stout, plain child, with big freckles, came to school in a dress made from a green art-serge table-cloth of the Burnells', with red plush sleeves from the Logans' curtains.

這一句包含了兩個部分，第一部分講人，第二部分寫服裝。

先說其中的for instance兩字，這兩字是必要的嗎？是多餘的嗎？它等於是說「就先說麗兒吧」，即，先舉麗兒為例，說她是長得怎樣的小孩。語氣上，for instance是不能省略的字。

麗兒是一個stout, plain child, with big freckles。這三個字眼：stout（高大），plain（不標緻的），big freckles（大雀斑），寫活了這個女孩，加上她的衣著，形象就更鮮明了。

描寫一個工人階級的小孩，它的類型（type）應該如何寫？這裡類型的描寫說她stout（高大），這樣合理嗎？

麗兒的媽媽是小個子，而她卻長得高大，就遺傳來說，可以想見她的犯罪父親大概是個高大的、體力驚人的罪犯，從遺傳看是合理的。除了先天遺傳之外，工人階級總是勞動較多，也可能造成身軀高大。

還有什麼後天的理由，可以使小女孩長得高大？——家庭飲食。因為體力消耗多，工人階級的食物多不精緻，而是馬鈴薯、麵包等高熱量食物。這先天與後天的原因，讓這個stout的形容詞更充實了。

至於plain，這個字也有階級意味。社會階級是很殘酷的，從相貌就區分得出來。而且，假使先天不美麗，上層階級也可以藉服裝、化妝來彌補。所以plain，是屬於勞工階級的。

big freckles，這個字，也因為欠缺彌補，皮膚不好又無保養，雀斑就長在臉上了。這與上一字plain是有相同階級意義的。

繼外表面貌之後，就是服裝的描寫。麗兒穿上學的衣服，竟是兩個不同家庭的布料湊成的，並且不是一般的衣料，而是伯內爾家的桌布與羅根家的窗簾布。

這件衣服的主體是綠色的斜條紋布（桌布），次要的衣袖是紅絲絨窗簾剪下的。這樣的衣服描寫，作者要創造什麼效果呢？

先說顏色，這兩個強烈對比的顏色是不宜放在一起的。斜紋桌布的材質是硬厚的，不適合穿身上；絲絨窗簾也不薄，且有閃光。

如此顏色不諧，厚厚且閃光材料所製成的衣服，造成了好笑的效果（comic effect），這也解釋了前面所說的conspicuous（引人注目），所以這是前面延伸下來的文句。

Her hat, perched on top of her high forehead, was a grown-up woman's hat, once the property of Miss Lecky, the postmistress. It was turned up at the back and trimmed with a large scarlet quill. What a little guy she looked! It was impossible not to laugh.

麗兒的頭上還戴著一頂帽子，帽子是頂在（perched on）她的額頭上的，感覺要掉不掉的，不是很穩，這帽子絕不適合學童戴用。

這裡描述高高的額頭（high forehead），又寫回了相貌，呼應前面的plain，高額頭又是一個不標緻的容貌，但它一樣是可以彌補的，比如靠髮型彌補，這又是有階級含意的描寫。

這頂大人的帽子，也是母親從工作的家庭拿來的舊貨，是一頂正式上班用的帽子。帽子的主人，Miss Lecky, the

postmistress——這幾個字也寫得好，因為郵局女局長是典型的中產階級。鄉村都有post office，這類郵局局長往往是女性，而且是未婚（miss），是不靠丈夫，純因工作能力取得尊重的階層。postmistress這個字很有道理，符合現實。連名字Lecky也取得像中產階級慣用的名字。更因為帽子主人她是職業婦女，所以可以想見這是一頂上班時才戴的帽子。

帽子是什麼形狀？一般很難形容帽子，要寫得栩真並不容易（寫帽子常常是最好的描寫能力測驗）。作者描述這帽子是後邊翻上來的，也就是前面不翻。這幾個字已可以想見這帽子的形狀，它的後沿應比前沿大，從後頭漸漸的翻到前面來，前沿的前端應該是尖的，頂上還插了一枝大羽毛。這帽子應像是船形帽，最早曾是軍帽，後來轉為空姐帽。這帽子的形狀寫得不能再好。

麗兒身上穿的衣服再加上這頂帽子，更具有喜劇效果（comic

effect）了。其實麗兒自己也不知道衣帽可笑。是什麼原因作此打扮呢？這完全是母親的馬虎，是不得已的馬虎，是勞工階層無法考究衣著的不得已。

這樣的衣帽造成什麼效果？What a little guy she looked!看起來是個小大人。好一個小大人！看了她，不可能不笑的。

寫過了麗兒，接著寫她的妹妹艾爾西。

And her little sister, our Else, wore a long white dress, rather like a nightgown, and a pair of little boy's boots. But whatever our Else wore she would have looked strange. She was a tiny wishbone of a child, with cropped hair and enormous solemn eyes—a little white owl.

our Else這兩個字怎樣翻譯？閱讀要勤查字典，讀了三十年、四十年的英文，還是要勤查字典。

這our不是一般說的「我們的」，而是英國工人家庭的用字，是對家裡最小的孩子的暱稱，有寶貝的意思，所以是寶貝艾爾西。

這一句寫艾爾西的服裝，our Else wore a long white dress, rather like a nightgown, and a pair of little boy's boots，與前面描寫麗兒的衣服，地位是平行的（parallel），不只描述上是平行的，而且所要表達的效果也一樣，前後兩處都寫服裝之可笑。描述艾爾西服裝用字並不多，可笑在哪？一是衣服，一是鞋子。

衣服又是別人給的，太長了，像睡衣，應是大人的衣服，極不合身，穿著它活像是從臥室走出來的。鞋子的問題在哪？這是一雙男孩子穿的靴子。性別不合造成了comic effect。

除了性別、年齡、場合不合宜之外，還有什麼不妥當？

不搭配的是衣鞋的對比太強，穿長衣服是不可穿靴子的，長裙子與靴子是湊不在一起的。

雖然穿得不得體，但是，無論寶貝艾爾西穿什麼都讓人感到奇怪。這是因為她的身體長相——She was a tiny wishbone of a child, with cropped hair and enormous solemn eyes-a little white owl.

Wishbone是雞胸骨，民俗裡可用雞胸骨許願。艾爾西是個子瘦小得像雞胸骨的小孩，短髮平鋪在頭上，有著嚴肅的大眼睛，活像白色的小貓頭鷹。

這一句與前一句形容姊姊stout（高大）是平行的。「平行敘述」是結構平衡的敘述方法，但必須求變化，所謂「平中有奇」。姊妹平行敘述的「平中有奇」是寫姊姊為先寫人再寫衣，寫妹妹則是先寫衣再寫人。

而且，寫妹妹用到了比喻，是寫姊姊時所無的，也是變化。

比喻要用到無懈可擊，才是好的比方。little white owl——little是說妹妹像tiny wishbone。white是說白色睡衣。owl指的則是大眼與短髮。這一個比喻，已將寶貝艾爾西的模樣寫得再生動不過，這是一句上好的比喻。

此處寫妹妹，寫得很生動，還有什麼理由？因為她與姊姊強烈對比，高大對比瘦小，鮮豔衣服對比白色衣服，這種生動都是前後對比而來的。而姊妹的絕不相同，也相當合理。姊妹相像，固然合理，姊妹不相像，也一樣合理。因為也有家庭的姊妹是不相像的。這是遺傳學上的現象，這樣寫因此有更深一層，遺傳學的牽涉。

Nobody had ever seen her smile; she scarcely ever spoke. She went through life holding on to Lil, with a piece of Lil's skirt screwed up in her hand. Where Lil went our Else followed.

這整段都是在描述艾爾西。她從來不笑，也不講話。她一直跟在姊姊的後頭，抓緊姊姊的裙角。

以上曾分別描寫兩個小孩，這一段就兩個合寫了，是「前分後合」的敘述方法。

寶貝艾爾西有什麼問題？以現代的眼光來看，她有點自閉。除了不笑不說話之外，她只跟一個人，對其他人都怕。眼神也是受驚嚇的表情，緊緊抓住姊姊的衣角，是依靠，裙子在她手裡都揪成一團，說明了這自閉小孩的緊張害怕。也許出生後每天都緊張，所以姊姊去哪，她都跟著。

In the playground, on the road going to and from school, there was Lil marching in front and our Else holding on behind. Only when she wanted anything, or when she was out of breath, our Else gave Lil a tug, a twitch, and Lil stopped and turned round. The Kelveys never failed to understand each other.

姊妹兩人向來是互相瞭解的，最後一句的語調是作者的評論。也是一句嘲諷。

這一大段寫麗兒，又寫艾爾西，是人物個性的描寫，與前面集中寫玩具屋，是完全不同的書寫，一是寫物體，一是寫人物。可以發現兩種書寫的長度幾乎相等，玩具屋與兩姊妹都有等量的描寫，因為兩者都是全篇的主角。

寫人物，中國文史著作都有「夾敘夾議」的寫法。敘，是客觀的；議，是作者介入的議論。這一整段描寫人物正是「夾敘夾議」的筆法。

第六講

階級歧視的升高

〈原文〉

Now they hovered at the edge; you couldn't stop them listening. When the little girls turned round and sneered, Lil, as usual, gave her silly, shamefaced smile, but our Else only looked.

〔And Isabel's voice, so very proud, went on telling. The carpet made a great sensation, but so did the beds with real bedclothes, and the stove with an oven door.

When she finished Kezia broke in. 'You've forgotten the lamp, Isabel.'

'Oh, yes,' said Isabel, 'and there's a teeny little lamp, all made of yellow glass, with a white globe that stands on the dining-room table. You couldn't tell it from a real one.'

'The lamp's best of all,' cried Kezia. She thought Isabel wasn't making half enough of the little lamp. But nobody paid any attention.

Isabel was choosing the two who were to come back with them that afternoon and see it. She chose Emmie Cole and Lena Logan. But when the others knew they were all to have a chance, they couldn't be nice enough to Isabel. One by one they put their arms round Isabel's waist and walked her off. They had something to whisper to her, a secret. 'Isabel's *my* friend.'

Only the little Kelveys moved away forgotten; there was nothing more for them to hear.

Days passed, and as more children saw the doll's house, the fame of it spread. It became the one subject, the rage. The one question was, 'Have you seen Burnells' doll's house? Oh, ain't it lovely!' 'Haven't you seen it? Oh, I say!'

Even the dinner hour was given up to talking about it. The little girls sat under the pines eating their thick mutton sandwiches and big slabs of johnny cake spread with butter. While always, as near as they could get, sat the Kelveys, our Else holding on to Lil, listening too, while they chewed their jam sandwiches out of a newspaper soaked with large red blobs....

'Mother,' said Kezia, 'can't I ask the Kelveys just once?'

'Certainly not, Kezia.'

'But why not?'

'Run away, Kezia; you know quite well why not.']

At last everybody had seen it except them. On that day the subject rather flagged. It was the dinner hour. The children stood together under the pine trees, and suddenly, as they looked at the Kelveys eating out of their paper, always by themselves, always listening, they wanted to be horrid to them. Emmie Cole started the whisper.

'Lil Kelvey's going to be a servant when she grows up.'

'O-oh, how awful!' said Isabel Burnell, and she made eyes at Emmie.

Emmie swallowed in a very meaning way and nodded to Isabel as she'd seen her mother do on those occasions.

'It's true－it's true－it's true,' she said.

Then Lena Logan's little eyes snapped. "Shall I ask her?" she whispered.

'Bet you don't,' said Jessie May.

（記錄者按：上列原文第二段起括號部分，本課堂省略講解。為方便閱讀，省略部分，依然翻譯。）

〈譯文〉

現在她們在大圈圈邊緣徘徊；你總不能禁止她們竊聽。當其他小女孩回頭對她們冷笑時，麗兒跟往常一樣傻傻的、靦腆的笑著，寶貝艾爾西則只是瞪大眼睛瞧著。

伊莎貝爾繼續不斷的說著，她的聲音驕傲。那地毯引起了一陣轟動，鋪著床單的床，和帶有爐門的火爐，也讓大家激動不已。

她剛一講完，姬采儀馬上插嘴：「妳忘了那盞燈了，伊莎貝爾。」

「喔，對了，」伊莎貝爾說，「那盞放在餐桌上的小油燈，全用黃色玻璃作的，還有白色燈罩。你們簡直看不出它和真的油燈有什麼兩樣。」

「那燈才是最棒的！」姬采儀大嚷。她認為伊莎貝爾沒說出油燈的一半好來。可是誰也沒在意她的話。伊莎貝爾正在挑選兩個人，當天下午跟她們一同回去參觀玩具屋。她選上了艾美・柯爾和倫娜・洛根。可是當其他孩子們知道她們全都有機會時，她們對伊莎貝爾親熱得無以復加了，一個一個的摟著伊莎貝爾的腰，擁著她走開了。她們有些悄悄話，有個祕密要告訴她。「伊莎貝爾是我的朋友！」

只有小凱爾維姊妹倆，沒人理會，自己走開了。再也沒什麼可讓她們聽的了。

幾天之後，愈來愈多的孩子看過玩具屋了，它的名聲傳了開來，成了風靡的話題。大家都問：「你看過伯內爾家的玩具屋了嗎？啊，真是可愛唷！」「哎呀！你還沒看過嗎？」

甚至在午餐時，大家都在談這一件事。女孩子們坐在松樹下，吃著厚厚的羊肉三明治，和塗著奶油的厚片玉米烤餅。而凱爾維姊妹總是盡可能的坐在離她們最近的地方，寶貝艾爾西緊挨著麗兒，她們從染著大片紅色果醬的報紙裡咬食果醬三明治，一邊嚼著一邊側耳傾聽……。

「媽媽，」姬采儀說，「我請凱爾維姊妹來一次行不行？」

「當然不行，姬采儀。」

「為什麼不行？」

「走開吧，姬采儀，妳明明知道為什麼不行。」

最後，除了她倆之外，所有人都看過玩具屋了。那一天，這個話題已經淡了，正是午餐時刻，孩子們一塊兒站在松樹下，當她們看著凱爾維姊妹吃著從報紙取出的東西時──總是兩人一起，總是在偷聽──她們突然想給她倆難堪。艾美・柯爾開始竊竊私語。

「麗兒・凱爾維長大後，就會去當女傭人！」

「哦──哦！多可怕呀！」伊莎貝爾・伯內爾說著，衝著艾美拋個眼色。

學著她母親在這個場合所做的模樣，艾美煞有介事的一邊嚥吞，一邊朝伊莎貝爾點頭。

「沒錯──沒錯──沒錯，」她說。

然後，倫娜・洛根眨了一眨小眼睛，輕聲的說：「我去問她一聲怎麼樣？」

「我包妳不敢去，」杰西・梅依說。

〈課堂講解〉

Now they hovered at the edge; you couldn't stop them listening.

她們在小孩群聊天的大圈圈邊緣徘徊，你又不能禁止她們竊聽。

這一句you couldn't stop them listening有可以進一步解釋的嗎？

一、兩個女孩的心裡是迫切的想要聽到同學的談話內容。

二、另一邊女孩的心裡是不樂意兩姊妹在旁邊竊聽，深一點說，其中有歧視、嘲笑的味道。

三、跳出上面兩個方向，客觀的從旁來看：這兩個小女孩也不太attractive，她們的行為也不是無缺點。當所有同情都在姊妹兩人身上時，這兩人的竊聽行為確實給人displeasure。真正的寫實就應該如此，不可避諱她們的缺點。

如果少了這第三個方向的觀察，這句話的解釋就犯一個毛病：過度感傷主義（sentimentalism），將是一面倒的同情，是濫情，犧牲了真相（truth）。所以有了這第三個觀察，這一句話才顯得重要。

下一段：

When the little girls turned round and sneered, Lil, as usual, gave her silly, shamefaced smile, but our Else only looked.

當這些小女孩轉向姊妹倆，同時嘲笑她們時，兩個女孩有什麼反應？

麗兒跟平常一樣，端出傻傻的、羞怯的笑容，但是艾爾西只是瞪大眼睛瞧著。

這句話寫表情寫得好。為何好？統共只描寫了兩個表情，一人只一個表情，很簡單。那麼這兩個表情有什麼好？

這兩個表情都在展現人物個性。從麗兒表情看，她的個性有哪些？一、老實，不知道躲開。二、自卑，在小社會中認為自己永遠是錯的。三、她遇到困難時，經常（as usual）如此的應對；這其中看出她的堅定性格（firmness），也可以看到她的成熟智慧，她懂得自我防衛，不至於進一步惹麻煩，這是長期訓練出來的求生方法。

艾爾西的表情是自閉性格的表情，像木頭石頭似的應對一切——only looked。前面姊姊表情豐富，有三、四個解釋，這裡妹妹的只有一個解釋，但是richer（更豐富）。妹妹的一個可與姊姊的相當，一個解釋足抵姊姊的三、四個解釋。此因為這一句的描寫力量很強，真實度高，quality比quantity重要。這一句的特質就是逼真，逼真就是有價值的描述。

另外，兩個姊妹的表情描寫，不能一樣，必須呈現多樣。而且，妹妹艾爾西的表情餘味無窮（具有lingering effects），表情因而更豐富。

從寫作技巧來看，這一個簡略的字 looked，沒有副詞，放在段尾，是位置（location）好，因為墊尾，故有千鈞之力。中國唐人絕句，第四句絕對最重要，比第一句重要，其味無窮都在墊尾。

如果將兩個姊妹的表情倒過來寫，先寫艾爾西再寫麗兒，效果就不同了，妹妹的表情就差遠了。

下面這一段（從And Isabel's voice到You know guite well why not）皆意思淺白，可一目了然，這裡就不再解說了。

At last everybody had seen it except them.

接著，所有的小孩陸續受邀去觀看玩具屋。當所有小孩都參觀過了，只有兩個姊妹還沒看過。

On that day the subject rather flagged. It was the dinner hour.

當玩具屋的話題冷卻了，終於有一天，午餐時間……。

Dinner，也是午餐，在英國鄉下午餐叫dinner。

The children stood together under the pine trees, and suddenly, as they looked at the Kelveys eating out of their paper, always by themselves, always listening, they wanted to be horrid to them.

這一段最有作用的（meaningful）一句是描寫凱爾維姊妹的午餐情形。它描述了她們午餐的貧乏，也描述了用餐時孤立一旁，卻仍在竊聽。

「仍在竊聽」因此在別的小孩身上發生了作用——因優越感而產生了惡意的心理。簡單的說，這種心理就是「虐待狂」（sadism）。

小孩們看見了小孩用餐時的一切（如上述），不約而同的有了虐待狂的傾向。當具優越感的人有了階級、性別、種族的歧視時，往往心裡就出現了sadistic inclination（虐待傾向）。人在看動物醜美，有分別心時，看到動物醜的，也會產生這種心理。

Emmie Cole started the whisper.

'Lil Kelvey's going to be a servant when she grows up.'

'O-oh, how awful!' said Isabel Burnell, and she made eyes at Emmie.

一群兒童的戲謔由此展開。艾美首先耳語：「麗兒・凱爾維長大了要做傭人。」伊莎貝爾答腔說：「喔——這太糟了。」她並對艾美使了眼色。

Emmie swallowed in a very meaning way and nodded to Isabel as she'd seen her mother do on those occasions.

'It's true—it's true—it's true,' she said.

正在吃午餐的艾美一面吞食食物，一面露出了豐富的表情——點頭。邊吞食邊點頭，同時還講話，三個動作是一起進行的。

'It's true—it's true—it's true,'講話的聲音為何是這樣？為何重複三次，中間還有破折號？it's true重複了三次，是說艾美吞了三口食物，中間的破折號是代表停頓嚥食，也是另一個表情「點頭」的時候。可以看出這是誇張的吞食動作。

講話、點頭、吞嚥，這三個一起進行的動作是從她媽媽身上學來的。這一句話的表情已經接近演員的表演了，如果讓演員表演這一句，應該是很生動的。

Then Lena Logan's little eyes snapped. 'Shall I ask her?' she whispered.

'Bet you don't,' said Jessie May.

又有兩個小孩加入了虐待的隊伍。

這是一個完整的場面，講小孩們欺負兩姊妹，有頭有中有尾的發展過來。一，先是動機的產生，由低漸漸升高。耳語的凌辱是這個虐待場面的開始。艾美說麗兒長大將當傭人，是毀謗對方，傷害對方，有階級優越感與階級偏見。然後二，伊莎貝爾以"O-oh"語氣表示同意，一來一往的兩個小孩對話，正解釋了欺負的行為常常有群眾心理，人愈多就愈起勁，虐待的情節逐漸升高。從前社會的私刑現象，正可以解釋群眾心理（crowd psychology）與虐待行為的關係。然後三，第三個小孩也加入行列，倫娜・洛根更進一步的用動作表達了，比言語上的虐待更升高了一步。

第七講

校園中的凌虐

〈原文〉

‘Pooh, I’m not frightened,’ said Lena. Suddenly she gave a little squeal and danced in front of the other girls. ‘Watch! Watch me! Watch me now!’ said Lena. And sliding, gliding, dragging one foot, giggling behind her hand, Lena went over to the Kelveys.

Lil looked up from her dinner. She wrapped the rest quickly away. Our Else stopped chewing. What was coming now?

‘Is it true you’re going to be a servant when you grow up, Lil Kelvey?’ shrilled Lena.

Dead silence. But instead of answering, Lil only gave her silly, shamefaced smile. She didn’t seem to mind the question at all. What a sell for Lena! The girls began to titter.

Lena couldn’t stand that. She put her hands on her hips; she shot forward. "Yah, yer father’s in prison!" she hissed, spitefully.

This was such a marvellous thing to have said that the little girls rushed away in a body, deeply, deeply excited, wild with joy. Some one found a long rope, and they began skipping. And never did they skip so high, run in and out so fast, or do such daring things as on that morning.

In the afternoon Pat called for the Burnell children with the buggy and they drove home. There were visitors. Isabel and Lottie, who liked visitors, went upstairs to change their pinafores. But Kezia thieved out at the back. Nobody was about; she began to swing on the big white gates of the courtyard. Presently, looking along the road, she saw two little dots. They grew bigger, they were coming towards her. Now she could see that one was in front and one close behind. Now she could see that they were the Kelveys...

〈譯文〉

「呸，我才不怕呢，」倫娜說。她突然輕輕的尖叫了一聲，在其他女孩面前跳起舞來。「看好！看著我！現在看我的！」倫娜說。她拖著一隻腳在地上滑著，溜著，用手捂著嘴咯咯的笑，來到凱爾維姊妹面前。

正在吃午餐的麗兒抬起頭來，她很快的將剩下的食物包起來放在一旁。寶貝艾爾西也停止了咀嚼。現在又怎麼回事？

「麗兒・凱爾維，妳長大了就要去當傭人，對嗎？」倫娜尖著嗓子問。

四周鴉雀無聲。不過麗兒並沒答話，只是照平常一樣的靦腆傻笑，她似乎全不在意這個問題，倫娜大失所望！女孩們開始嗤嗤的偷笑了。

倫娜可受不了。她兩手插腰，身子往前一衝。「妳爸爸是個犯人！」她惡狠狠的嘶叫。

說穿了這件事是多麼痛快，小女孩們全部一起嘩的跑開了。她們都非常非常興奮，真有點欣喜若狂。有人找來了一根長麻繩，大家就跳起繩來，她們從來也沒像那天上午，跳得那樣高，進進出出跳得那麼快，做出那些大膽的花樣來。

下午，派特趕著輕便馬車來找伯內爾家的孩子們，他們一起駕車回家。家裡有客人來了。喜歡家有來客的伊莎貝爾和洛蒂，上樓換圍裙去了。可是姬采儀卻從後門偷偷溜了出去。四周一個人也沒有，她攀在院子裡那扇寬大的白色大門上，開始盪來盪去。過沒多久，她沿著馬路望去，看見了兩個小黑點。黑點漸漸變大，朝著她走來。接著，她能看見一個在前，一個緊跟在後。現在，她看清了那是凱爾維姊妹倆。

〈課堂講解〉

倫娜接著做出的動作，是因為杰西的挑戰，她一句「妳不敢」，逼得倫娜說「我沒什麼好害怕的」。於是突然的做出了以下的舉動。

Suddenly she gave a little squeal and danced in front of the other girls. 'Watch! Watch me! Watch me now!' said Lena. And sliding, gliding, dragging one foot, giggling behind her hand, Lena went over to the Kelveys.

一般小孩惡作劇，常會在其他人面前表演。倫娜所做的正是這樣的表演。她突然尖叫一聲，邊叫邊舞的走到小孩的面前來，舞蹈的動作夾著誇張的尖叫：「大家都看我，看我！」要大家看她「一邊滑一邊溜的拖著一條腿走」的表演姿勢。

這是什麼姿態？一隻腳打彎成九十度，另一隻腳拖在後頭的走，身體當然是變矮了，這樣的走法是困難的。為何用此姿態走路？一是要吸引人注意，另一是為了模仿，扮演一個跛腳的角色，扮演一個動作笨拙的怪物。這醜化的動作，是惡意的嘲弄取笑，暗諷兩個小女孩是怪物。

但為何把slide與glide兩個同義字擺在一起？這是用文字音韻來表達描寫了什麼。兩個字的重複正暗示了腳步的重複，彷彿step by step的往前走，重複的兩個字正好表達重複的節奏。

這一長句裡頭，四個加上ing的字，都有重複的節奏感，都在暗示以笨重的腳步一步一步走到兩姊妹面前。

然而，giggling behind her hand這一句並不是預定表演的一部分，是丑角演出中途插入情不自禁的脫序演出。描寫倫娜因自己不成熟的表演，也咯咯的遮嘴而笑。

Lil looked up from her dinner. She wrapped the rest quickly away. Our Else stopped chewing. What was coming now?

面對這樣的戲弄表演，凱爾維家的兩姊妹有什麼反應？

正在吃午餐的麗兒抬起頭來，而且很快的將午餐包起來放在一旁。（Away，有拿開的意思。）艾爾西則是停止了咀嚼。

姊姊麗兒快速的包起剩下的食物，並且拿開一邊。這是因為午餐太簡陋，不願讓人看，是自尊心的表現。

妹妹艾爾西停止咀嚼，一口食物沒吞下，在別的小孩可能會先吞下再說，這描寫了艾爾西莫大的吃驚，立刻停止了咀嚼。可以想像出她瞪大眼睛看著倫娜。

What was coming now?怎麼回事啊？這句沒頭沒尾的話，是誰講的？這是作者講的話，是作者揣摩艾爾西這個角色的語言，它具有作者加上艾爾西的雙重身分。這一句和前一句是有關聯的，what was coming now?是前一句stopped chewing的解釋，可以說是旁白，是艾爾西內心沒說出來的話。

'Is it true you're going to be a servant when you grow up, Lil Kelvey?' shrilled Lena.

所有的表演，顯然就是為了說出這一句話來，這相當惡毒的一句話，是表演的最高點。除了言語本身之惡毒外，喊出全名「麗兒・凱爾維」也是很不禮貌的稱呼，而且是以尖銳刺耳的噪音喊出這句話，更是非常不友善。

Dead silence. But instead of answering, Lil only gave her silly, shamefaced smile. She didn't seem to mind the question at all. What a sell for Lena! The girls began to titter.

Dead silence，這是誰鴉雀無聲？是全場小孩鴉雀無聲，大家在等待，等待兩姊妹有什麼反應，等待別人有什麼反應，而更重要是，此亦描寫大家都嚇呆了。剛才那句話太過分，太傷人，並不是所有的小孩都敢說這種話，因此全場嚇得一片死寂。

結果，這句惡毒的話毫無效用，麗兒一點都不在乎倫娜所提的問題，毫髮無傷，以平常一樣的笑容面對她。倫娜的表演徒勞無功，很沒面子，因此其他小孩轉而取笑倫娜了。

Lena couldn't stand that. She put her hands on her hips; she shot forward. 'Yah, yer father's in prison!' she hissed, spitefully.

倫娜無法忍受其他小孩的取笑，為了解除困境，她更激烈的表演了下去。

她兩手插腰，身體向前，衝口而出：「妳爸爸是個犯人！」而且聲調是hissed，像毒蛇發出的聲音，可以說是面貌猙獰，聲色俱厲的說出這句話。

這一句話比前一句更失態，是把對方的私密都揭露出來。而且說話姿態更難看，兩手插腰，身體向前，儼然是潑婦罵街的姿態。

這句話的語詞Yah，yer，father's都是模仿工人階級的低層言詞。倫娜以語言模仿對方，來挖苦對方，企圖達到嘲諷的效果。

This was such a marvellous thing to have said that the little girls rushed away in a body, deeply, deeply excited, wild with joy. Some one found a long rope, and they began skipping. And never did they skip so high, run in and out so fast, or do such daring things as on that morning.

倫娜剛說出的這一句話，太叫人吃驚了，其他的小孩因此激動，興奮，歡天喜地的結成一團跑開了。有人找到了一條長繩，他們於是玩起跳繩的遊戲，他們從未跳這樣的高，進進出出這樣的快速，而且都是驚險的動作。

這整個戶外的場景至此算是圓滿完成了。

整個事件明顯的分成上中下三段：前段（exposition）是倫娜說出了「長大當女傭」第一件事，中段（climax）說出父親在監獄，達到了頂點。然後進入後段（denouement，此為法文），即抒解的階段，劇情達頂點之後皆需要release。小孩個個都朝同一方向奔開，就是最後的抒解。

為何小孩會deeply excited？是因為倫娜做了大家從不敢做的事情，群童得到vicarious satisfaction（替代的滿足），因此歡天喜地不能自已。這一場跳繩也叫catharsis（宣洩），群童的壓抑情緒（the pent-up emotions）得到宣洩。此處的catharsis完全像劇院觀眾看過一場流血的戲。在劇中得到殘忍的快慰，殘忍的滿足。

其實這裡的小孩跟倫娜也都沒多少不同，倫娜只是個代表而已。

以小喻大，這正好解釋一種團體心態，群眾心理（crowd psychology）。歷史上很多重要事件，人人都有責任的，如對猶太人施以迫害，當時所有德國人都有責任，都是criminals。就像這篇小說裡的學校一樣，每一個小孩都從倫娜的行為中得到補償，自己想做卻沒膽量，看別人做了，因而得到了相等的滿足。

跳繩之所以跳得特別激烈，比平常更高，更快，還加上危險的動作，是描寫群童激動之甚，非如此無以宣洩。

從倫娜的侮辱到跳繩這一場，可說也影射了大社會中的私刑現象。數百年來歐洲對猶太人的私刑，以往美國南方白人對黑人的私刑，都是明顯的實例。

還有，這一場欺侮小孩的場面，放在整篇小說的中間，以全篇結構而言，可以說這一場景是全文的climax，接下去的就是全文的後段（denouement）了。上中下的劃分，可小可大，小者，如前所云，出現在這一場景中；大者，上中下亦出現於全篇的結構中。

In the afternoon Pat called for the Burnell children with the buggy and they drove home. There were visitors. Isabel and Lottie, who liked visitors, went upstairs to change their pinafores. But Kezia thieved out at the back. Nobody was about; she began to swing on the big white gates of the courtyard.

因為伯內爾家裡有客人來，傭人派特下午提早來學校接伯內爾家的小孩回去。回到家後，伊莎貝爾和洛蒂因為喜歡這些客人，馬上趕到樓上去換下圍裙，但是姬采儀似乎沒那麼虛榮，單獨走到後院去，一個人掛在白色的大門上，開始盪進盪出。

Presently, looking along the road, she saw two little dots. They grew bigger, they were coming towards her. Now she could see that one was in front and one close behind. Now she could see that they were the Kelveys...

沒多久，姬采儀沿著小路遠遠的看到了兩個小黑點，慢慢朝著她走近，接著黑點變大了，她看到了一個黑點在前，一個緊跟在後，最後，她認出了是凱爾維家的兩姊妹。

前三句話，是描寫姬采儀從同一個角度看兩姊妹走近來，先是小黑點，然後大些，然後一前一後，描寫到此，應該就知道是誰走過來了。果然，第四句印證此。這一段是從一個角度，看四個不同距離，完全符合透視學（perspective）的視覺描述。

第八講

天堂一瞥

〈原文〉

...Kezia stopped swinging. She slipped off the gate as if she was going to run away. Then she hesitated. The Kelveys came nearer, and beside them walked their shadows, very long, stretching right across the road with their heads in the buttercups. Kezia clambered back on the gate; she had made up her mind; she swung out.

'Hullo,' she said to the passing Kelveys.

They were so astounded that they stopped. Lil gave her silly smile. Our Else stared.

'You can come and see our doll's house if you want to,' said Kezia, and she dragged one toe on the ground. But at that Lil turned red and shook her head quickly.

'Why not?' asked Kezia.

Lil gasped, then she said, 'Your ma told our ma you wasn't to speak to us.'

'Oh, well,' said Kezia. She didn't know what to reply. 'It doesn't matter. You can come and see our doll's house all the same. Come on. Nobody's looking.'

But Lil shook her head still harder.

'Don't you want to?' asked Kezia.

Suddenly there was a twitch, a tug at Lil's skirt. She turned round. Our Else was looking at her with big imploring eyes; she was frowning; she wanted to go. For a moment Lil looked at our Else very doubtfully. But then our Else twitched her skirt again. She started forward. Kezia led the way. Like two little stray cats they followed across the courtyard to where the doll's house stood.

'There it is,' said Kezia.

There was a pause. Lil breathed loudly, almost snorted; our Else was still as a stone.

'I'll open it for you,' said Kezia kindly. She undid the hook and they looked inside.

'There's the drawing-room and the dining-room, and that's the—'

'Kezia!'

Oh, what a start they gave!

'Kezia!'

It was Aunt Beryl's voice. They turned round. At the back door stood Aunt Beryl, staring as if she couldn't believe what she saw.

'How dare you ask the little Kelveys into the courtyard?' said her cold, furious voice. "You know as well as I do you're not allowed to talk to them. Run away, children, run away at once. And don't come back again," said Aunt Beryl. And she stepped into the yard and shooed them out as if they were chickens.

'Off you go immediately!' she called, cold and proud.

They did not need telling twice. Burning with shame, shrinking together, Lil huddling along like her mother, our Else dazed, somehow they crossed the big courtyard and squeezed through the white gate.

'Wicked, disobedient little girl!' said Aunt Beryl bitterly to Kezia, and she slammed the doll's house to.

〈譯文〉

……姬采儀停止了晃盪，從大門上滑了下來，彷彿要逃開。但她猶豫了一下。凱爾維姊妹走得更靠近了，她們身邊拖著長長的影子，一直橫過馬路，頭部的影子落在金鳳花叢裡。姬采儀又攀上了大門；她已經打定主意，把門朝外盪去。

她對走過的凱爾維姊妹招呼。

她們吃了一驚，停下了腳步。麗兒對她傻笑，寶貝艾爾西眼睜睜瞪著。

「妳們想看，可以來看我家的玩具屋，」姬采儀說，她的一隻腳尖在地上拖來拖去。但聽了這話，麗兒卻漲紅了臉，趕緊搖了搖頭。

「為什麼不？」姬采儀問。

麗兒喘了口氣，隨著說：「妳媽媽告訴我媽媽說，妳不可以跟我們說話。」

「喔，那——」姬采儀說，她不知如何回答。「沒關係，妳們還是可以來看我們的玩具屋。來吧，現在沒人看見。」

但麗兒的頭搖得更厲害了。

「妳們不想看嗎？」姬采儀問。

麗兒的裙子突然被一扯，又是一拉。她轉過身來，寶貝艾爾西用她的大眼睛哀求的望著她；她皺著眉頭，很想進去看看。麗兒猶豫不決的望著寶貝艾爾西好一陣子。但那時寶貝艾爾西又拉了一下她的裙子。她開始往前走。姬采儀在前帶路。她們像兩隻流浪貓，跟著穿過庭院，來到架著玩具屋的地方。

「這就是，」姬采儀說。

一陣沉默。麗兒喘著粗氣，簡直像打鼾了；寶貝艾爾西一動不動像塊石頭。

「我幫妳們打開，」姬采儀和藹的說。她撥開了鉤子，她們看見了屋內。

「這是客廳和餐廳，那是──」

「姬采儀！」

啊，真把她們嚇了一跳。

「姬采儀！」

是貝莉爾阿姨的聲音。她們轉過身。貝莉爾阿姨站在後門口，瞪著她們看，似乎不相信她所看到的一切。

「妳竟敢把凱爾維家的小孩帶進院子來！」她以憤怒、冷酷的聲調說。「妳跟我一樣清楚，妳是不准跟她們說話的。走開，孩子們，馬上走開，再也不要進來了。」貝莉爾阿姨說。她邁進院子，像趕小雞似的把她們攆出去了。

「快走！」她冷酷而且傲慢的喊叫。

她們不需要她再嚷第二遍。縮成一團，無地自容，麗兒像她媽媽一樣彎身護著艾爾西走開了，艾爾西茫然無措。她們也不知如何穿過大院子，擠出白色大門的。

「妳這個不聽話的壞東西！」貝莉爾阿姨惡狠狠的對姬采儀說，並且砰的一聲關上玩具屋的門。

〈課堂講解〉

...Kezia stopped swinging. She slipped off the gate as if she was going to run away. Then she hesitated. The Kelveys came nearer, and beside them walked their shadows, very long, stretching right across the road with their heads in the buttercups. Kezia clambered back on the gate; she had made up her mind; she swung out.

看到了凱爾維姊妹之後，姬采儀停止了搖晃，她從門上溜了下來，像是要逃走的樣子，但她猶豫了一下。凱爾維姊妹靠近了，身旁有拉得長長的影子，長到跨過了馬路，頭部的影子落在路邊的花叢裡。姬采儀爬回門上去，內心已經做了決定，她又晃了出去。

這一段主要寫姬采儀看到凱爾維姊妹之後的上上下下動作，同時也寫了兩姊妹。

兩姊妹的影子很長，實際理由是什麼？影子比身子長一點點，還是非常的長？

影子已經跨過了馬路，延伸到對面的花叢裡，所以凱爾維姊妹倆的影子應該是非常的長。影子為何如此的長？是因為夕陽的投射。前面提到伯內爾姊妹提早放學，姬采儀回到家已經有一段時間了，此刻已是正常的放學時間，而且凱爾維姊妹還走了一段路才到此，太陽已快下山，所以投射出來的影子很長很長。

細看這一句，似乎是多餘，實際上一定有它的效果。從兩個小孩的影子，我們得到什麼印象？從視覺來說，這是純粹的視覺描寫，這幅picture給人的感受是什麼？也就是說，very long shadow給人什麼意象？

意象就是image。詩常用image。閱讀者對它的反應，就是意象，就是詩的內容含意（implication）。那麼細長的影子一般給人的印象是孤單寂寞的。孤單的感覺在藝術創作裡是很普遍的主題。詩與畫更是經常出現此一主題。細長的影子就如Giacometti

（台譯：傑克梅第）的人物雕塑，身子手腳都拉得細細長長的，給人的是強烈的孤單感覺。凱爾維姊妹的影子就像這一種人物雕塑。

下半句描寫姊妹兩人的頭部影子投射在花叢裡，這又有第二個意象出現了。

剛才第一個意象是「孤單身影」，立場是同情兩姊妹的。第二個意象也是同情，頭影落在花堆裡是美化，也是神聖化，這是對她倆的同情。西方宗教繪畫的聖人頭上是有光圈的，陽光照射在花堆裡的頭影四圍是發亮的金色花朵，也等於是光環。所以說，現在美化了，神聖化了她們。

這兩種意象，就是這一句長句的含意（implication）。

再回來看這一段的主角姬采儀。她上上下下的動作，有什麼意義嗎？這是以她的動作來描寫她的心理。一般舞台劇表現也是如此，舞台劇的每一個動作都表達內心的感覺。起初，發現凱爾維姊妹時，姬采儀停止了搖晃。是什麼原因產生這第一個動作？

作者想表達什麼意思？這顯然表達了姬采儀的錯愕心理，她嚇到了，此並非友善的心理，起碼剎那之間，她並不友善。姬采儀與學校其他小孩並無不同，也是團體中的一員，中午在學校她也參與了同學的戲弄，及跳繩舉動。所以乍見兩姊妹時，她的錯愕心理是延續學校的心態。

第二句是第二個動作，姬采儀從門上溜下來，想避開。方向與第一個動作是一樣的，並不友善，她看到不受歡迎的人，習慣性的想避開，這是受同學或父母的影響。第三句第三個動作，姬采儀遲疑了，停頓了。這是什麼意思？這說明她心中已有了變化，有了新的想法，不想逃開了。也在此同時，插入描述凱爾維姊妹修長的影子。

第四個動作，姬采儀又爬回門上去。此完全與剛才的動作相反，她不逃避了，想迎接她們到來。下一句she had made up her mind則是用文字總結的說明她的心理了，以文字說明心理，來解釋上句以動作（爬回門去）說明的心理。

第五個動作，姬采儀又搖盪了出去，此一動作說明姬采儀心意立定之後，決定開始去做了——她決定迎接兩個姊妹了。

短時間內，姬采儀內心有不同的變化，這一段所要讀的重點是內心的解釋。

至於穿插的凱爾維姊妹的長影，只是客觀描寫，並不是姬采儀的主觀感受，所以影子實際並不影響姬采儀的心理變化。

這整段姬采儀的動作變化很多，都寫的是心理。通常簡單的動作，是外在描寫，也是很好的內在描寫。

下面再看：

'Hullo,' she said to the passing Kelveys.

They were so astounded that they stopped. Lil gave her silly smile. Our Else stared.

'You can come and see our doll's house if you want to,' said Kezia, and she dragged one toe on the ground. But at that Lil turned red and shook her head quickly.

終於看到姬采儀的決定就是邀請兩姊妹來看玩具屋。這寬大的決定，與剛才的躲避是背道了。

passing 一字與前面描述兩姊妹漸漸走近的四種距離感又結合了，這時是已經從面前經過，應是第五種距離。姬采儀打招呼了，兩姊妹不相信對方會主動說話，不信自己聽到這一句Hullo，所以吃驚的停下腳步。在驚訝之後，兩姊妹依舊是固定的反應，姊姊只是笑，妹妹還是瞪眼看。

姬采儀一邊明白的提出邀請，一邊有動作——she dragged one toe on the ground，一隻腳的腳尖在地上拖來拖去，這動作也是心理描寫。

這是心裡為難的動作；當她提出邀請之後，卻進退為難。這個動作寫得好，因為寫到了她的為難。姬采儀原是掛在門上，如果她不為難猶豫，第一種可能是繼續如此，即兩腳都在門上。第二可能是從門上下來，即兩腳都在地上。如今一隻腳在門上，另一在地上滑動，是第三種動作——模稜兩可的動作。

But at that Lil turned red and shook her head quickly.這一句最重要的字是red，描寫麗兒滿臉通紅，才能生動寫出她心裡的著急，其時拚命搖頭。此外表也是心理，一樣寫得好。

'Why not?'asked Kezia.

Lil gasped, then she said, 'Your ma told our ma you wasn't to speak to us.'

'Oh, well,' said Kezia. She didn't know what to reply. 'It doesn't matter. You can come and see our doll's house all the same. Come on. Nobody's looking.'

But Lil shook her head still harder.

'Don't you want to?' asked Kezia.

姬采儀進一步問麗兒為何不可，麗兒喘了一口氣才說：「妳媽媽告訴我媽媽說，妳不可以跟我們說話。」由於大人曾警告過，所以麗兒才急成這樣，因為這是犯法的行為。Gasped這字用得很好——氣喘如牛，前後描寫一致，前面曾如此寫。Your ma told our ma you wasn't to speak to us.這一句文法不很正確，但卻是真實的，勞工階級的語言。

這時姬采儀也不知如何回答了，只能說她並不在乎，仍繼續邀請兩姊妹進來看玩具屋。但是麗兒頭搖得更快，仍然表示不敢。姬采儀只好以詢問語氣再邀請一次：「你們不想看嗎？」

Suddenly there was a twitch, a tug at Lil's skirt. She turned round. Our Else was looking at her with big, imploring eyes; she was frowning; she wanted to go. For a moment Lil looked at our Else very doubtfully. But then our Else twitched her skirt again. She started forward. Kezia led the way. Like two little stray cats they followed across the courtyard to where the doll's house stood.

這一段也可看出簡單的動作描寫，用來暗示心理的表達法。這一段每一動作都很清楚的在說明某一心理。

前面說過艾爾西永遠跟在姊姊的後頭，並抓住姊姊的裙角。這一段呼應了前面所說的兩姊妹的溝通方式——拉裙角。這次艾爾西也拉了姊姊的裙角，不過這次不同的是，艾爾西有自己強烈的意見，不是以往只聽姊姊的。她兩度拉姊姊的裙角強烈表達了想看玩具屋的念頭。

姬采儀帶路，姊姊跟著往前走，兩姊妹經過院子時，活像兩隻流浪貓。She started forward，She是姊姊。因姊姊人在前，妹妹在後，皆跟隨，故只有姊姊才有可能踏出第一步。

'There it is,' said Kezia.

There was a pause. Lil breathed loudly, almost snorted; our Else was still as a stone.

'I'll open it for you,' said Kezia kindly. She undid the hook and they looked inside.

'There's the drawing-room and the dining-room, and that's the—'

見到了玩具屋，姬采儀說了一句：「就是這！」現場卻一片靜止，沒人講話。為何there was a pause？這是描寫兩姊妹的，是在寫什麼？這寫的是兩姊妹的驚嘆，呆住了。

Lil breathed loudly, almost snorted，為何這樣寫麗兒的激動？她看到玩具屋之後，只是像打呼一樣的大聲呼吸，這好笑的描寫，正是麗兒的粗憨個性與態度，是專屬麗兒的描寫，絕無法以之描寫他人。艾爾西則是呆若木雞。

姬采儀為兩姊妹打開了玩具屋，並且開始介紹它的構造，她是從樓下開始介紹起的（不是樓上，注意：當然應從樓下開始介紹），這是客廳、餐廳，那是──。姬采儀還沒說出下一個空間（也許是廚房），卻被叫聲中斷了。

'Kezia!'

Oh, what a start they gave!

'Kezia!'

It was Aunt Beryl's voice. They turned round. At the back door stood Aunt Beryl, staring as if she couldn't believe what she saw.

'How dare you ask the little Kelveys into the courtyard?' said her cold, furious voice. 'You know as well as I do, you're not allowed to talk to them. Run away, children, run away at once. And don't come back again,' said Aunt Beryl. And she stepped into the yard and shooed them out as if they were chickens.

'Off you go immediately!' she called, cold and proud.

They did not need telling twice. Burning with shame, shrinking together, Lil huddling along like her mother, our Else dazed, somehow they crossed the big courtyard and squeezed through the white gate.

兩聲「姬采儀！」中間插入一句三個小孩的驚嚇描述，是三個小孩，不是兩個小孩。貝莉爾阿姨大叫兩聲後，接著說了整段話，倒是這些話只有表面的意思，沒什麼值得深入解釋的。

最後貝莉爾阿姨以冷酷而驕傲的語氣要求兩姊妹馬上離開。

They did not need telling twice.兩個小孩不需要催促第二次的就馬上離去了。她們的表情是羞得滿臉通紅，她們的姿態是抱在一塊，縮成一團，平常則是一前一後的，這回不然。這時姊姊像艾爾西的母親那般，彎腰遮蓋著妹妹，妹妹已經是不知方向的呆住了。此處寫了麗兒不忘保護妹妹的可貴。

somehow they crossed the big courtyard，兩姊妹穿過了偌大的院子。Somehow此字是要描述兩姊妹驚嚇到糊裡糊塗的，不知道是如何穿過院子的。用big來形容院子，也是描寫緊張到很難走完的意思。

and squeezed through the white gate，她們擠出門去，這個動詞squeeze用得合理嗎？當初兩姊妹進入院子，門不大，兩人是一前一後的進來，並不困難，現在兩姊妹是擠了出去，因為兩人是抱成一團的，並排的，門不大，所以squeeze一字是很恰當的。

'Wicked, disobedient little girl!' said Aunt Beryl bitterly to Kezia, and she slammed the doll's house to.

兩姊妹擠了出去後，貝莉爾阿姨仍繼續罵人，但卻是轉過身罵自家的姬采儀，如果繼續罵兩姊妹，就缺少變化了。

兩個小孩觀賞玩具屋卻被打斷了，她們看的時間有多長？這是觀賞玩具屋這一段最重要的重點。姬采儀剛開始介紹玩具屋，二人前後只看了一眼，就被趕走了。所以看的時間很短，只看了一眼。看一眼與看很久，應有不同意義。看一眼，當然有遺憾，不禁讓人同情小孩。但這也只是表面的意思，當還有另一層的意思。這另一層的意思，也就是這一眼象徵的意義：這一眼，猶如天堂只看了一眼，而只看到一眼，雖是造物弄人，但還是極大的幸福，所以這一眼是有多層次的意義（multilevel meaning），此多出的一些意義便謂「象徵意義」（symbolic meaning）。兩姊妹的一瞥，可以說，天堂只看一眼，雖是造物弄人，但還是幸福的。

文學之好與不好，往往在於多層次意義好不好。層面愈多，文意就愈豐富。

第九講

燈的象徵

〈原文〉

The afternoon had been awful. A letter had come from Willie Brent, a terrifying, threatening letter, saying if she did not meet him that evening in Pulman's Bush, he'd come to the front door and ask the reason why! But now that she had frightened those little rats of Kelveys and given Kezia a good scolding, her heart felt lighter. That ghastly pressure was gone. She went back to the house humming.

When the Kelveys were well out of sight of Burnells', they sat down to rest on a big red drainpipe by the side of the road. Lil's cheeks were still burning; she took off the hat with the quill and held it on her knee. Dreamily they looked over the hay paddocks, past the creek, to the group of wattles where Logan's cows stood waiting to be milked. What were their thoughts?

Presently our Else nudged up close to her sister. But now she had forgotten the cross lady. She put out a finger and stroked her sister's quill; she smiled her rare smile.

'I seen the little lamp,' she said, softly.

Then both were silent once more.

〈譯文〉

那天下午真夠倒楣了，威利・布倫特來了一封信，一封可怕的恫嚇信，信上說，如果當天晚上她不去「普爾曼灌木林」跟他會面的話，那他就要找上門來，把事情原因問個清楚！但是現在她嚇跑了凱爾維的兩隻小老鼠，並且把姬采儀痛罵一頓，覺得心裡輕鬆多了。烏雲罩頂的壓力解除了，她哼著小調走進屋去。

凱爾維姊妹倆跑到看不見伯內爾家後，她們在路邊的紅色大排水管上坐下休息。麗兒的兩頰還在發燙，她脫下插著羽毛的帽子，放在膝蓋上拿著。她們的視線迷惘的越過那放乾草的圍場，越過了小溪，落在一片樹林下，在那兒，羅根家的母牛站著等待擠奶。她們在想些什麼呢？

這時，寶貝艾爾西向她姊姊緊挨過去。但她現在已經忘了那個凶惡的女人。她伸出一根手指頭，撫弄著姊姊帽子上的羽毛，露出了很少見的笑容。

「我看見那盞小燈了，」她輕聲說。

然後，姊妹倆又默默不語了。

〈課堂講解〉

The afternoon had been awful. A letter had come from Willie Brent, a terrifying, threatening letter, saying if she did not meet him that evening in Pulman's Bush, he'd come to the front door and ask the reason why! But now that she had frightened those little rats of Kelveys and given Kezia a good scolding, her heart felt lighter. That ghastly pressure was gone. She went back to the house humming.

這一段描述貝莉爾阿姨下午收到一封恐嚇信，威利・布倫特強要與她見面。並且警告當晚若不前往「普爾曼灌木林」赴約，這男人就要登門興師問罪。

「普爾曼灌木林」應該是旅館，或酒吧，威利・布倫特應是貝莉爾的男友，顯然兩個人關係有些問題，也許是貝莉爾已不想跟他來往。所以一開始就說，這天下午夠倒楣了。

這信是寄送過來的。男友若住在同一地，這封信就不是郵局送來，應是派專人送來的。這和中國古代一樣，信函常使僕人遞送。但男友也有可能住在他地，那麼信函就可能是郵局送來。總之，這封信讓貝莉爾阿姨整個下午心情不好。

但是罵了小孩一頓之後，消了閒氣，貝莉爾阿姨心情好多了。

這一整段寫貝莉爾阿姨下午心情為何不好，態度為何醜陋。整體看來，寫作上沒什麼過人之處，只是平淡的描述。

閱讀時，要能肯定也要能否定，寫得好或不好，閱讀時都要很確定的評斷。

讀書最好的方法，不妨學中國古人的閱讀，在好的句子旁打圈，回頭看時可以一目了然，一篇文章圈圈多就是好。

When the Kelveys were well out of sight of Burnells', they sat down to rest on a big red drain-pipe by the side of the road. Lil's cheeks were still burning; she took off the hat with the quill and held it on her knee.

Dreamily they looked over the hay paddocks, past the creek, to the group of wattles where Logan's cows stood waiting to be milked. What were their thoughts?

當兩姊妹走遠，遠離了伯內爾家的視線之後，她們坐在一條大紅色的排水管上休息。姊姊麗兒的臉頰還是紅紅的，她取下了有羽毛的帽子放在膝上。

她們坐著，迷惘的遠看放乾草的圍場、望著小溪那方樹林的地方，在那裡，羅根家的母牛正等著取乳。

整篇小說結尾是短短的場景（brief scene）。

兩姊妹坐在路邊，眼睛遠遠看過去，因為遠看才像作夢似的迷惘，符合dreamily這個字的形容。既是遠看，就需要一些距離上的描述，因此歷歷數出了乾草圍場、小溪、樹下的乳牛等等，這幾種描寫都是眼睛越過的視野，有距離感。

那麼這些是哪一類的風景？這些是典型的農家田野風景（pastoral landscape）。

They looked over the hay paddocks, past the creek, to the group of wattles where Logan's cows stood waiting to be milked，這三句話可當作圖畫來看，完全是一幅田園景色。而圖畫如要生動，一定要有地方性（local identity），不能寫得每一幅畫都一樣，沒有自己的特點。這裡所描寫的風景有地方性嗎？有，這是紐西蘭的英國鄉村。紐西蘭多牛羊，故此景色中出現乳牛。紐西蘭乳牛又都是富農才有的，此處寫出是羅根家的。然後是樹的名字wattle（金合歡），這是澳洲的樹種，這又可證明紐西蘭的地方性。如果寫的景色是台灣鄉村，那樹名與乳牛都須要更改了。

姊妹倆望著風景，心裡想些什麼呢（What were their thoughts）？最可能想的是剛才玩具屋的驚鴻一瞥。句子的第一個字dreamily可以證明，是想到了美景，才會如夢如幻，所以dreamily此字是有用的，姊妹兩人應該是想到剛剛的dreamland，不會想到被罵的一幕。

果然下一段出現印證。

Presently our Else nudged up close to her sister. But now she had forgotten the cross lady. She put out a finger and stroked her sister's quill; she smiled her rare smile.

'I seen the little lamp,' she said, softly.

Then both were silent once more.

這一場寫出了姊妹所想的果是玩具屋。這一場描寫姊妹短時間內的動作與表情，主要卻描寫妹妹，姊姊反而不重要了。艾爾西此刻已忘了那氣沖沖的女人，而是緊緊靠著姊姊。她伸出一根指頭觸摸姊姊帽子上的羽毛，她露出了少見的笑容，輕輕的說：「我看見那盞小燈了！」然後又再一次默默不語。

短短的一段，妹妹有不尋常的舉止——因為不尋常才值得寫。最大的不同是，她再也不是沒表情的一張臉了，而且表情特多，也有動作，也會講話了。

為何有這樣多的表情動作？改變的原因，來自她現在很是高興快樂。什麼能使她高興快樂呢？她的高興快樂，來自跟美學有關的高興快樂。那就是來自她說的「看到燈了」。同時，在講話之前，她的動作——輕撫帽子上的羽毛——也已經表達了美學的快樂。這樣的動作透露出跟beauty有關的感動，可想見她腦海裡出現那一盞精緻的小燈，可能有小小火焰的小燈。用手指撫摸的雖然是羽毛，但同時想到的則是另一方向——小燈。這手指撫摸的動作，正能精緻的符合那座小燈的精緻。然後，艾爾西露出了從未有過的笑容，說出「我看到燈了！」總之，艾爾西之所以如此高興，是因為觸動了她的美感——心靈（delicate mind）的美感。要知道並不是每個人都會注意那盞小燈，並感受那美感，姊姊就沒注意到。這種能力，這種天份（gift），往往癡呆的小孩反而有。他們的美感比別人強，可在無意之間觸發出來。剎那一瞥，是天堂的一瞥。天堂不只是玩具屋，更是這盞燈，她看到了，她因秉有天賦，故看到了。

此外，故事中的兩個小孩，艾爾西和姬采儀，且都有著同樣的天賦，都喜愛這一盞燈。為何要讓這兩個小孩最後因燈結合在一起？一來是說這兩個小孩同樣有藝術天賦，美是可以彼此交會，彼此流通的，這是心有靈犀一點通的意思。二來，是說二人都有仁愛之心，這樣也能交會溝通，這也是心有靈犀一點通。

燈是如此的重要，所以我們下面再討論燈的意義。

首先，燈象徵人性的善良，是誰流露出「善」來？主要是姬采儀，她仁慈的展示玩具屋，於是，此燈成為象徵（symbol），它的象徵意義（symbolic meaning）就是愛與仁慈。艾爾西這方面，應說也有善的流露，她的單純無玷就是善。

第二，燈是美的象徵。蓋不分貧富，不分智愚，都可感受美。而這種美可說只有天堂才有。人間不及天堂，人間只能偶爾感受美，且只有天堂的美是永恆永在的。故我們說看到此美，猶之乎天堂的一瞥。

最後一句說，小孩又不講話了。此一結尾代表無聲勝有聲。蓋不只是音樂詩歌常常如此運用，小說結尾也常「不講話勝於講話」，「此時無聲勝有聲」。英國傳統小說不會寫這種結尾，一般都寫封閉式的結尾，例如某人最後死亡。但如今《玩具屋》寫的是開放式的結尾（open ending），即「此時無聲勝有聲」。最早採用這種「開放式結尾」的是契訶夫（十九世紀俄國小說家）。本文裡曼斯菲爾德從契訶夫學來，很成功的寫出了開放性的結尾。

附錄一

原文與譯文

〈原文〉

The Doll's House

When dear old Mrs. Hay went back to town after staying with the Burnells she sent the children a doll's house. It was so big that the carter and Pat carried it into the courtyard, and there it stayed, propped up on two wooden boxes beside the feed-room door. No harm could come to it; it was summer. And perhaps the smell of paint would have gone off by the time it had to be taken in. For, really, the smell of paint coming from that doll's house ('Sweet of old Mrs. Hay, of course; most sweet and generous!') —but the smell of paint was quite enough to make any one seriously ill, in Aunt Beryl's opinion. Even before the sacking was taken off. And when it was....

There stood the doll's house, a dark, oily, spinach green, picked out with bright yellow. Its two solid little chimneys, glued on to the roof, were painted red and white, and the door, gleaming with yellow varnish, was like a little slab of toffee. Four windows, real windows, were divided into panes by a broad streak of green. There was actually a tiny porch, too, painted yellow, with big lumps of congealed paint hanging along the edge.

But perfect, perfect little house! Who could possibly mind the smell? It was part of the joy, part of the newness.

'Open it quickly, someone!'

The hook at the side was stuck fast. Pat pried it open with his penknife, and the whole house-front swung back, and—there you were, gazing at one and the same moment into the drawing-room and dining-room, the kitchen and two bedrooms. That is the way for a house to open! Why don't all houses open like that? How much more exciting than peering through the slit of a door into a mean little hall with a hatstand and two umbrellas! That is—isn't it?—what you long to know about a house when you put your hand on the knocker. Perhaps it is the way God opens houses at dead of night when He is taking a quiet turn with an angel....

'O-oh!' The Burnell children sounded as though they were in despair. It was too marvellous; it was too much for them. They had never seen anything like it in their lives. All the rooms were papered. There were pictures on the walls, painted on the paper, with gold frames complete. Red carpet covered all the floors except the kitchen; red plush chairs in the drawing-room, green in the dining-room; tables, beds with real bedclothes, a cradle, a stove, a dresser with tiny plates and one big jug. But what Kezia liked more than anything, what she liked frightfully, was the lamp. It stood in the middle of the dining-room table, an exquisite little amber lamp with a white globe. It was even filled all ready for lighting, though of course you couldn't light it. But there was something inside that looked like oil and that moved when you shook it.

The father and mother dolls, who sprawled very stiff as though they had fainted in the drawing-room, and their two little children asleep upstairs, were really too big for the doll's house. They didn't look as though they belonged. But the lamp was perfect. It seemed to smile at Kezia, to say, 'I live here.' The lamp was real.

The Burnell children could hardly walk to school fast enough the next morning. They burned to tell everybody, to describe, too—well—to boast about their doll's house before the school-bell rang.

'I'm to tell,' said Isabel, 'because I'm the eldest. And you two can join in after. But I'm to tell first.'

There was nothing to answer. Isabel was bossy, but she was always right, and Lottie and Kezia knew too well the powers that went with being eldest. They brushed through the thick buttercups at the road edge and said nothing.

'And I'm to choose who's to come and see it first. Mother said I might.'

For it had been arranged that while the doll's house stood in the courtyard they might ask the girls at school, two at a time, to come and look. Not to stay to tea, of course, or to come traipsing through the house. But just to stand quietly in the courtyard while Isabel pointed out the beauties, and Lottie and Kezia looked pleased....

But hurry as they might, by the time they had reached the tarred palings of the boys' playground the bell had begun to jangle. They only just had time to whip off their hats and fall into line before the roll was called. Never mind. Isabel tried to make up for it by looking very important and mysterious and by whispering behind her hand to the girls near her, 'Got something to tell you at playtime.'

Playtime came and Isabel was surrounded. The girls of her class nearly fought to put their arms round her, to walk away with her, to beam flatteringly, to be her special friend. She held quite a court under the huge pine trees at the side of the playground. Nudging, giggling together, the little girls pressed up close. And the only two who stayed outside the ring were the two who were always outside, the little Kelveys. They knew better than to come anywhere near the Burnells.

For the fact was, the school the Burnell children went to was not at all the kind of place their parents would have chosen if there had been any choice. But there was none. It was the only school for miles. And the consequence was all the children in the neighbourhood, the Judge's little girls, the doctor's daughters, the storekeeper's children, the milkman's, were forced to mix together. Not to speak of there being an equal number of rude, rough little boys as well. But the line had to be drawn somewhere. It was drawn at the Kelveys. Many of the children, including the Burnells, were not allowed even to speak to them. They walked past the Kelveys with their heads in the air, and as they set the fashion in all matters of behaviour, the Kelveys were shunned by everybody. Even the teacher had a special voice for them, and a special smile for the other children when Lil Kelvey came up to her desk with a bunch of dreadfully common-looking flowers.

They were the daughters of a spry, hard-working little washerwoman, who went about from house to house by the day. This was awful enough. But where was Mr. Kelvey? Nobody knew for certain. But everybody said he was in prison. So they were the daughters of a washerwoman and a jailbird. Very nice company for other people's children! And they looked it. Why Mrs Kelvey made them so conspicuous was hard to understand. The truth was they were dressed in 'bits' given to her by the people for whom she worked. Lil, for instance, who was a stout, plain child, with big freckles, came to school in a dress made from a green art-serge table-cloth of the Burnells', with red plush sleeves from the Logans' curtains. Her hat, perched on top of her high forehead, was a grown-up woman's hat, once the property of Miss Lecky, the postmistress. It was turned up at the back and trimmed with a large scarlet quill. What a little guy she looked! It was impossible not to laugh. And her little sister, our Else, wore a long white dress, rather like a nightgown, and a pair of little boy's boots. But whatever our Else wore she would have looked strange. She was a tiny wishbone of a child, with cropped hair and enormous solemn eyes—a little white owl. Nobody had ever seen her smile; she scarcely ever spoke. She went through life holding on to Lil, with a piece of Lil's skirt screwed up in her hand. Where Lil went, our Else followed. In the playground, on the road going to and from school, there was Lil marching in front and our Else holding on behind. Only when she wanted anything, or when she was out of breath, our Else gave Lil a tug, a twitch, and Lil stopped and turned round. The Kelveys never failed to understand each other.

Now they hovered at the edge; you couldn't stop them listening. When the little girls turned round and sneered, Lil, as usual, gave her silly, shamefaced smile, but our Else only looked.

And Isabel's voice, so very proud, went on telling. The carpet made a great sensation, but so did the beds with real bedclothes, and the stove with an oven door.

When she finished Kezia broke in. 'You've forgotten the lamp, Isabel.'

'Oh, yes,' said Isabel, 'and there's a teeny little lamp, all made of yellow glass, with a white globe that stands on the dining-room table. You couldn't tell it from a real one.'

'The lamp's best of all,' cried Kezia. She thought Isabel wasn't making half enough of the little lamp. But nobody paid any attention. Isabel was choosing the two who were to come back with them that afternoon and see it. She chose Emmie Cole and Lena Logan. But when the others knew they were all to have a chance, they couldn't be nice enough to Isabel. One by one they put their arms round Isabel's waist and walked her off. They had something to whisper to her, a secret. 'Isabel's *my* friend.'

Only the little Kelveys moved away forgotten; there was nothing more for them to hear.

Days passed, and as more children saw the doll's house, the fame of it spread. It became the one subject, the rage. The one question was, 'Have you seen Burnells' doll's house? Oh, ain't it lovely!' 'Haven't you seen it? Oh, I say!'

Even the dinner hour was given up to talking about it. The little girls sat under the pines eating their thick mutton sandwiches and big slabs of johnny cake spread with butter. While always, as near as they could get, sat the Kelveys, our Else holding on to Lil, listening too, while they chewed their jam sandwiches out of a newspaper soaked with large red blobs....

'Mother,' said Kezia, 'can't I ask the Kelveys just once?'

'Certainly not, Kezia.'

'But why not?'

'Run away, Kezia; you know quite well why not.'

At last everybody had seen it except them. On that day the subject rather flagged. It was the dinner hour. The children stood together under the pine trees, and suddenly, as they looked at the Kelveys eating out of their paper, always by themselves, always listening, they wanted to be horrid to them. Emmie Cole started the whisper.

'Lil Kelvey's going to be a servant when she grows up.'

'O-oh, how awful!' said Isabel Burnell, and she made eyes at Emmie.

Emmie swallowed in a very meaning way and nodded to Isabel as she'd seen her mother do on those occasions.

'It's true—it's true—it's true,' she said.

Then Lena Logan's little eyes snapped. 'Shall I ask her?' she whispered.

'Bet you don't,' said Jessie May.

'Pooh, I'm not frightened,' said Lena. Suddenly she gave a little squeal and danced in front of the other girls. 'Watch! Watch me! Watch me now!' said Lena. And sliding, gliding, dragging one foot, giggling behind her hand, Lena went over to the Kelveys.

Lil looked up from her dinner. She wrapped the rest quickly away. Our Else stopped chewing. What was coming now?

'Is it true you're going to be a servant when you grow up, Lil Kelvey?' shrilled Lena.

Dead silence. But instead of answering, Lil only gave her silly shamefaced smile. She didn't seem to mind the question at all. What a sell for Lena! The girls began to titter.

Lena couldn't stand that. She put her hands on her hips; she shot forward. 'Yah, yer father's in prison!' she hissed, spitefully.

This was such a marvellous thing to have said that the little girls rushed away in a body, deeply, deeply excited, wild with joy. Some one found a long rope, and they began skipping. And never did they skip so high, run in and out so fast, or do such daring things as on that morning.

In the afternoon Pat called for the Burnell children with the buggy and they drove home. There were visitors. Isabel and Lottie, who liked visitors, went upstairs to change their pinafores. But Kezia thieved out at the back. Nobody was about; she began to swing on the big white gates of the courtyard. Presently, looking along the road, she saw two little dots. They grew bigger, they were coming towards her. Now she could see that one was in front and one close behind. Now she could see that they were the Kelveys. Kezia stopped swinging. She slipped off the gate as if she was going to run away. Then she hesitated. The Kelveys came nearer, and beside them walked their shadows, very long, stretching right across the road with their heads in the buttercups. Kezia clambered back on the gate; she had made up her mind; she swung out.

'Hullo,' she said to the passing Kelveys.

They were so astounded that they stopped. Lil gave her silly smile. Our Else stared.

'You can come and see our doll's house if you want to,' said Kezia, and she dragged one toe on the ground. But at that Lil turned red and shook her head quickly.

'Why not?' asked Kezia.

Lil gasped, then she said, 'Your ma told our ma you wasn't to speak to us.'

'Oh, well,' said Kezia. She didn't know what to reply. 'It doesn't matter. You can come and see our doll's house all the same. Come on. Nobody's looking.'

But Lil shook her head still harder.

'Don't you want to?' asked Kezia.

Suddenly there was a twitch, a tug at Lil's skirt. She turned round. Our Else was looking at her with big imploring eyes; she was frowning; she wanted to go. For a moment Lil looked at our Else very doubtfully. But then our Else twitched her skirt again. She started forward. Kezia led the way. Like two little stray cats they followed across the courtyard to where the doll's house stood.

'There it is,' said Kezia.

There was a pause. Lil breathed loudly, almost snorted; our Else was still as a stone.

'I'll open it for you,' said Kezia kindly. She undid the hook and they looked inside.

'There's the drawing-room and the dining-room, and that's the—'

'Kezia!'

Oh, what a start they gave!

'Kezia!'

It was Aunt Beryl's voice. They turned round. At the back door stood Aunt Beryl, staring as if she couldn't believe what she saw.

'How dare you ask the little Kelveys into the courtyard?' said her cold, furious voice. 'You know as well as I do, you're not allowed to talk to them. Run away, children, run away at once. And don't come back again,' said Aunt Beryl. And she stepped into the yard and shooed them out as if they were chickens.

'Off you go immediately!' she called, cold and proud.

They did not need telling twice. Burning with shame, shrinking together, Lil huddling along like her mother, our Else dazed, somehow they crossed the big courtyard and squeezed through the white gate.

'Wicked, disobedient little girl!' said Aunt Beryl bitterly to Kezia, and she slammed the doll's house to.

The afternoon had been awful. A letter had come from Willie Brent, a terrifying, threatening letter, saying if she did not meet him that evening in Pulman's Bush, he'd come to the front door and ask the reason why! But now that she had frightened those little rats of Kelveys and given Kezia a good scolding, her heart felt lighter. That ghastly pressure was gone. She went back to the house humming.

When the Kelveys were well out of sight of Burnells', they sat down to rest on a big red drainpipe by the side of the road. Lil's cheeks were still burning; she took off the hat with the quill and held it on her knee. Dreamily they looked over the hay paddocks, past the creek, to the group of wattles where Logan's cows stood waiting to be milked. What were their thoughts?

Presently our Else nudged up close to her sister. But now she had forgotten the cross lady. She put out a finger and stroked her sister's quill; she smiled her rare smile.

'I seen the little lamp,' she said, softly.

Then both were silent once more.

〈譯文〉

玩具屋

親愛的老黑伊夫人在伯內爾家小住之後，回到城裡，就給孩子們送來了一座玩具屋。玩具屋很大，馬車伕和派特兩人只得將它抬到院子裡，架在飼料屋門旁兩只木頭箱子上，就這樣擱著了。正值夏天，玩具屋不會損壞，等到它必須搬進屋子時，它的油漆味也該散盡了。確實，玩具屋散發出一股油漆味（「好心的老黑伊夫人，真的，很親切很慷慨！」）——但照貝莉爾阿姨的說法，這股油漆味誰聞了都覺得噁心，即使沒打開麻袋都已經如此，當它一打開時……

玩具屋就站在那兒了！黝黑，油亮，菠菜似的綠色，上面雜有亮黃的間錯。黏在屋頂上的兩個實心煙囪，漆著紅白兩色；閃亮黃漆的小門，像一塊厚厚的太妃糖。有四扇窗戶，真正的窗子，用綠色粗線畫成窗格子。而且還真有一個小門亭呢，也是漆成黃色，邊緣還垂懸著一滴一滴的油漆。

多麼完美的一座小房子啊！誰還會在乎那股油漆味呢？那也成了喜悅、嶄新感覺的一部分了。

「來人啊！趕緊打開它！」

玩具屋旁邊的鉤子卡得緊緊的，派特用削鉛筆刀把它撬開，房子的整個前壁就掀開了。看哪！你一眼就可同時看到客廳、餐廳、廚房和兩間臥室。房門就應該那樣的開才是！為何不讓所有的房子都用這種方法打開？比起從門縫裡望見擺著衣帽架和兩把雨傘的小門廳，這有趣太多了，當你伸手扣響門環時，這不正是你渴望看到房子裡的這一切嗎？也許，當夜深人靜，上帝與天使一起來巡視人間時，也是以這種方式，打開每一家的門吧。

「喔——喔！」伯內爾家的小孩驚絕的叫了出來。簡直太美妙了，太出乎預料了。她們出生以來，從未見過這樣的東西呢。所有的房間都糊上了壁紙，牆上還掛著畫，是畫在壁紙上的，還有金色的框框。除了廚房之外，所有地板都鋪了紅色的地毯，客廳裡擺著紅絲絨椅子，餐廳則是綠絲絨椅子。有桌子，有鋪著真正床單的床，一個小搖籃，一個火爐，一個五斗櫃，上面排放著一疊小碟子，有一個尖嘴大水壺。但是姬采儀最喜歡的，喜歡得要命的，卻是那盞燈，它擺在餐桌的正當中，有乳白色的燈罩與琥珀燈座，像已裝滿了油，隨時可點燃呢。當然啦，你是無法點亮它的。但是，燈裡卻裝著像油一樣的東西，搖搖它還會晃動呢。

玩偶父親和玩偶母親伸開四肢，僵硬躺著，像昏倒在客廳裡，兩個小孩則睡在樓上。對玩具屋來說，這些玩偶實在太大了，好像並不屬於這幢房子。但是那盞燈卻是完美的，它好像對著姬采儀笑，對她說：「我在這兒。」這可是一盞真實的燈。

第二天早晨，伯內爾家的小孩們，盡可能的加快腳步趕到學校去，她們心急的想在上課鈴聲響之前，對每一位同學描述——應該說是炫耀玩具屋一番。

「由我來講，」伊莎貝爾說：「因為我是大姊。你們可以跟著我說。但是先得讓我來說。」

這沒的說，伊莎貝爾霸道，而且她一向是正確的。當老大的具有什麼權力，洛蒂和姬采儀很瞭解。她們一言不發的撥開路邊濃密的金鳳花叢，穿了過去。

「而且由我決定誰先來參觀。是媽媽說我可以這樣的。」

原先已經講好，只要玩具屋還放在院子裡，她們就可以邀請學校的女孩子來觀賞，每次邀兩個。當然不留她們喝茶，也不許她們到屋裡來亂走動。只能安靜的站在院子裡，讓伊莎貝爾指給她們看那件精品，洛蒂和姬采儀則只能滿臉笑容……。

儘管他們一路急走，但是當她們走到男生操場邊，塗柏油的柵欄旁時，刺耳的鈴聲已經響了。她們剛剛脫下帽子，站進隊伍裡，點名就開始了。這沒關係，伊莎貝爾想彌補這一切，擺出了一副莊重而神祕的神情，用手掩著嘴，對她身旁的女孩說：「等遊戲時間時，告訴你們一件事。」

遊戲時間到了，伊莎貝爾被團團圍住。同班的女孩們爭先恐後的挽她、跟她走在一起、諂媚她、當她最好的朋友。操場邊巨大的松樹下，她引來了一群追隨者，小女孩們妳推我擠，格格的笑，向她緊緊圍攏過來。只有兩個女孩站在圈子之外，她們——小凱爾維姊妹一向只能站在人群外，她們心裡有數，不能走到離伯內爾家姊妹太近的地方。

事實上，如果可以選擇的話，伯內爾家孩子們所上的學校，絕不是這些父母們願意選擇的學校。但是，沒有選擇的餘地，方圓幾公里內，這是唯一的一所學校。結果，附近所有的小孩——法官的小女孩，醫生的女兒，雜貨店老闆、送牛奶的孩子們，都混雜的擠在這個學校了，更不用說還有一半粗魯頑皮的男孩子了。但總是要有一條界線，界線就劃在凱爾維姊妹這裡。大部分的孩子，包括伯內爾家的孩子，甚至都不准跟她們說話。經過凱爾維姊妹身邊時，她們頭總是抬得高高的，由於她們的一舉一動有引領風潮的作用，於是每個人都避開了凱爾維姊妹。連老師和她們說話時，聲調也不一樣。當麗兒・凱爾維捧著很不起眼的一束花走到老師書桌旁時，老師衝著其他小孩露出異樣的微笑。

她們是那位敏捷、勤快的小個子洗衣婦的女兒，她白天挨家挨戶的送取衣服。這已經夠糟了。凱爾維先生又是在哪兒呢？誰也不能確定，可是大家又說他被關在監獄裡了。原來她們是一個洗衣婦和一個囚犯的女兒，可真是別家孩子的好夥伴呀！而她們看起來也確實是那麼一回事。凱爾維太太為何把她們打扮得如此惹眼，實在讓人不解。事實上，她們穿的破爛拼湊衣服，都是凱爾維太太工作地方的人們給她的。先說麗兒——高大、不標緻、滿臉大雀斑的女孩——上學所穿的外衣，就是用伯內爾家的綠色斜條紋的桌布，以及羅根家紅絲絨窗簾做的袖子，拼湊而成的。擱在她高高額頭上的成年女人的帽子，本來是女郵政局長萊基小姐的財產。帽子的後沿向上翻捲，還插著一根猩紅色的大羽毛。好一個小大人！見了她，不可能不笑出來的。她的小妹妹——寶貝艾爾西——穿了一件長袍，簡直像件睡衣，和一雙男孩的小長統靴。但是，無論寶貝艾爾西穿什麼，都讓人感到奇怪。她是個子瘦小得像雞胸骨的小孩，短髮平鋪在頭上，有著嚴肅的大眼睛，活像一隻白色的小貓頭鷹。誰都沒見她笑過，她也很少說話。她手裡始終緊抓住麗兒的裙角，麗兒走到哪，寶貝艾爾西就跟到哪。在操場上，在上學或放學的路上，往往是麗兒在前面大步走，寶貝艾爾西則緊緊跟在後頭，只有當她需要什麼東西，或者走得喘不過氣來的時候，寶貝艾爾西就用力拉一拉、急急扯一扯麗兒，麗兒就會馬上停住，轉過身來。凱爾維姊妹彼此瞭解，從不會誤會。

現在她們在大圈圈邊緣徘徊；你總不能禁止她們竊聽。當其他小女孩回頭對她們冷笑時，麗兒跟往常一樣傻傻的、靦腆的笑著，寶貝艾爾西則只是瞪大眼睛瞧著。

伊莎貝爾繼續不斷的說著，她的聲音驕傲。那地毯引起了一陣轟動，鋪著床單的床，和帶有爐門的火爐，也讓大家激動不已。

她剛一講完，姬采儀馬上插嘴：「妳忘了那盞燈了，伊莎貝爾。」

「喔，對了，」伊莎貝爾說，「那盞放在餐桌上的小油燈，全用黃色玻璃作的，還有白色燈罩。你們簡直看不出它和真的油燈有什麼兩樣。」

「那燈才是最棒的！」姬采儀大嚷。她認為伊莎貝爾沒說出油燈的一半好來。可是誰也沒在意她的話。伊莎貝爾正在挑選兩個人，當天下午跟她們一同回去參觀玩具屋。她選上了艾美・柯爾和倫娜・洛根。可是當其他孩子們知道她們全都有機會時，她們對伊莎貝爾親熱得無以復加了，一個一個的摟著伊莎貝爾的腰，擁著她走開了。她們有些悄悄話，有個祕密要告訴她。「伊莎貝爾是我的朋友！」

只有小凱爾維姊妹倆，沒人理會，自己走開了。再也沒什麼可讓她們聽的了。

幾天之後，愈來愈多的孩子看過玩具屋了，它的名聲傳了開來，成了風靡的話題。大家都問：「你看過伯內爾家的玩具屋了嗎？啊，真是可愛唷！」「哎呀！你還沒看過嗎？」

甚至在午餐時，大家都在談這一件事。孩子們坐在松樹下，吃著厚厚的羊肉三明治，和塗著奶油的厚片玉米烤餅。而凱爾維姊妹總是盡可能的坐在離她們最近的地方，寶貝艾爾西緊挨著麗兒，她們從染著大片紅色油漬的報紙裡取出的果醬三明治，一邊嚼著一邊側耳傾聽……。

「媽媽，」姬采儀說，「我請凱爾維姊妹來一次行不行？」

「當然不行，姬采儀。」

「為什麼不行？」

「走開吧，姬采儀，妳明明知道為什麼不行。」

最後，除了她倆之外，所有人都看過玩具屋了。那一天，這個話題已經淡了，正是午餐時刻，孩子們一塊兒站在松樹下，當她們看著凱爾維姊妹吃著從報紙取出的東西時——總是兩人一起，總是在偷聽——她們突然想給她倆難堪。艾美・柯爾開始竊竊私語。

「麗兒・凱爾維長大後，就會去當女傭人！」

「哦——哦！多可怕呀！」伊莎貝爾・伯內爾說著，衝著艾美拋個眼色。

學著她母親在這個場合所做的模樣，艾美煞有介事的一邊嚥吞，一邊朝伊莎貝爾點頭。

「沒錯——沒錯——沒錯，」她說。

然後，倫娜・洛根眨了一眨小眼睛，輕聲的說：「我去問她一聲怎麼樣？」

「我包妳不敢去，」杰西・梅依說。

「呸，我才不怕呢，」倫娜說。她突然輕輕的尖叫了一聲，在其他女孩面前跳起舞來。「看好！看著我！現在看我的！」倫娜說。她拖著一隻腳在地上滑著，溜著，用手捂著嘴咯咯的笑，來到凱爾維姊妹面前。

正在吃午餐的麗兒抬起頭來，她很快的將剩下的食物包起來放在一旁。寶貝艾爾西也停止了咀嚼。現在又怎麼回事？

「麗兒・凱爾維，妳長大了就要去當傭人，對嗎？」倫娜尖著嗓子問。

四周鴉雀無聲。不過麗兒並沒答話，只是照平常一樣的靦腆傻笑，她似乎全不在意這個問題，倫娜大失所望！女孩們開始嗤嗤的偷笑了。

倫娜可受不了。她兩手插腰，身子往前一衝。「妳爸爸是個犯人！」她惡狠狠的嘶叫。

說穿了這件事是多麼痛快，小女孩們全部一起嘩的跑開了。她們都非常非常興奮，真有點欣喜若狂。有人找來了一根長麻繩，大家就跳起繩來，她們從來也沒像那天上午，跳得那樣高，進進出出跳得那麼快，做出那些大膽的花樣來。

下午，派特趕著輕便馬車來找伯內爾家的孩子們，他們一起駕車回家。家裡有客人來了。喜歡家有來客的伊莎貝爾和洛蒂，上樓換圍裙去了。可是姬采儀卻從後門偷偷溜了出去。四周一個人也沒有，她攀在院子裡那扇寬大的白色大門上，開始盪來盪去。過沒多久，她沿著馬路望去，看見了兩個小黑點。黑點漸漸變大，朝著她走來。接著，她能看見一個在前，一個緊跟在後。現在，她看清了那是凱爾維姊妹倆。姬采儀停止了晃盪，從大門上滑了下來，彷彿要逃開。但她猶豫了一下。凱爾維姊妹走得更靠近了，她們身邊拖著長長的影子，一直橫過馬路，頭部的影子落在金鳳花叢裡。姬采儀又攀上了大門；她已經打定主意，把門朝外盪去。

她對走過的凱爾維姊妹招呼。

她們吃了一驚，停下了腳步。麗兒對她傻笑，寶貝艾爾西眼睜睜瞪著。

「妳們想看，可以來看我家的玩具屋，」姬采儀說，她的一隻腳尖在地上拖來拖去。但聽了這話，麗兒卻漲紅了臉，趕緊搖了搖頭。

「為什麼不？」姬采儀問。

麗兒喘了口氣，隨著說：「妳媽媽告訴我媽媽說，妳不可以跟我們說話。」

「喔，那──」姬采儀說，她不知如何回答。「沒關係，妳們還是可以來看我們的玩具屋。來吧，現在沒人看見。」

但麗兒的頭搖得更厲害了。

「妳們不想看嗎？」姬采儀問。

麗兒的裙子突然被一扯，又是一拉。她轉過身來，寶貝艾爾西用她的大眼睛哀求的望著她；她皺著眉頭，很想進去看看。麗兒猶豫不決的望著寶貝艾爾西好一陣子。但那時寶貝艾爾西又拉了一下她的裙子。她開始往前走。姬采儀在前帶路。她們像兩隻流浪貓，跟著穿過庭院，來到架著玩具屋的地方。

「這就是，」姬采儀說。

一陣沉默。麗兒喘著粗氣，簡直像打鼾了；寶貝艾爾西一動不動像塊石頭。

「我幫妳們打開，」姬采儀和藹的說。她撥開了鉤子，她們看見了屋內。

「這是客廳和餐廳，那是——」

「姬采儀！」

啊，真把她們嚇了一跳。

「姬采儀！」

是貝莉爾阿姨的聲音。她們轉過身。貝莉爾阿姨站在後門口，瞪著她們看，似乎不相信她所看到的一切。

「妳竟敢把凱爾維家的小孩帶進院子來！」她以憤怒、冷酷的聲調說。「妳跟我一樣清楚，妳是不准跟她們說話的。走開，小孩子，馬上走開，再也不要進來了。」貝莉爾阿姨說。她邁進院子，像趕小雞似的把她們攆出去了。

「快走！」她冷酷而且傲慢的喊叫。

她們不需要她再嚷第二遍。縮成一團，無地自容，麗兒像她媽媽一樣彎身護著艾爾西走開了，艾爾西茫然無措。她們也不知如何穿過大院子，擠出白色大門的。

「妳這個不聽話的壞東西！」貝莉爾阿姨惡狠狠的對姬采儀說，並且砰的一聲關上玩具屋的門。

那天下午真夠倒楣了，威利・布倫特來了一封信，一封可怕的恫嚇信，信上說，如果當天晚上她不去「普爾曼灌木林」跟他會面的話，那他就要找上門來，把事情原因問個清楚！但是現在她嚇跑了凱爾維的兩隻小老鼠，並且把姬采儀痛罵一頓，覺得心裡輕鬆多了。烏雲罩頂的壓力解除了，她哼著小調走進屋去。

凱爾維姊妹倆跑到看不見伯內爾家後，她們在路邊的紅色大排水管上坐下休息。麗兒的兩頰還在發燙，她脫下插著羽毛的帽子，放在膝蓋上拿著。她們的視線迷惘的越過那放乾草的圍場，越過了小溪，落在一片樹林下，在那兒，羅根家的母牛站著等待擠奶。她們在想些什麼啦？

這時，寶貝艾爾西向她姊姊緊挨過去。但她現在已經忘了那個凶惡的女人。她伸出一根手指頭，撫弄著姊姊帽子上的羽毛，露出了很少見的笑容。

「我看見那盞小燈了，」她輕聲說。

然後，姊妹倆又默默不語了。

◎本篇小說的中譯，是林國卿先生據王文興老師上課所聞，筆錄後再整理譯成的。
◎特別感謝《聯合文學》以及林國卿先生的記錄整理。

附錄二

《玩具屋九講》係二〇〇七年台大授課實錄

◎王文興（林國卿／記錄整理）

出版緣起

二〇〇七年上學期，王文興教授在台灣大學外文系開「小說探微」課程，兩週一次，每次兩小時，一學期共九講，講解凱薩琳・曼斯菲爾德的短篇小說〈玩具屋〉。

王文興的小說課，沒有前言導論，也無作者介紹，直接引導學生進入小說的書寫文字。他提醒小說中的每一個細節問題，並點名學生說出自己的觀感。但是，他尊重每一位學生的「個人見解」，並不評論高下。所以兩堂下來，學生的思考時間很長，不只是聽講而已。喜愛文學的人，聽這樣的課，可隨步思考。

王文興在緊要的關鍵，會說一些書寫通理（不是理論），跳脫這單篇小說的內容，這也許正是他個人的閱讀精華。

認識作家

凱薩琳・曼斯菲爾德（Katherine Mansfield, 1888-1923）

二十世紀初英國傑出短篇小說家，有「英國契訶夫」、「英國短篇小說女王」之稱。三十五歲的一生，曼斯菲爾德四處遊歷，對文學的熱愛永遠不變，她在日記寫下了這句話：「沒有任何情感可以和寫完小說的喜悅相比。」她的創作生涯雖然只有十五年，留下的九十三篇作品，至今仍是各方評論重點。

認識作品

玩具屋（The Doll's House）

此短篇小說，曼斯菲爾德完成於一九二一年。後收錄於她的第二部作品集《鴿巢集》（*The Dove's Nest and Other Stories. London Constable, 1923*）。

在曼斯菲爾德的小說裡，常可以看見窮人在資本主義社會是相當寂寞的。〈玩具屋〉裡的兩姊妹，是洗衣婦的女兒，父親入獄，因此與同學之間有很深的鴻溝，這篇小說主要是寫一群學生的交往，但也看到了小說背景的大人世界的偏見與階級觀念。不過卻藉著〈玩具屋〉的那一盞燈，見到了一絲絲善美的希望。

國家圖書館出版品預行編目資料

玩具屋九講 / 王文興作.　-- 初版. -- 台北市：麥田出版：家庭傳媒城邦分公司發行, 2011.1
面；　公分. -- (王文興慢讀講堂；03)

ISBN 978-986-173-645-7(平裝)
1.英國文學　2.小說　3.文學評論

873.57　　99007464

王文興慢讀講堂　03
玩具屋九講

作　　者　王文興
文字整理　林國卿
責任編輯　莊文松　林怡君

副總編輯　林秀梅
編輯總監　劉麗真
總 經 理　陳逸瑛
發 行 人　涂玉雲
出　　版　麥田出版
城邦文化事業股份有限公司
104台北市中山區民生東路二段141號5樓
電話：（886）2-2500-7696　傳真：（886）2-2500-1966
發　　行　英屬蓋曼群島商家庭傳媒股份有限公司城邦分公司
104台北市中山區民生東路二段141號2樓
客服服務專線：(886)2-2500-7718；2500-7719
24小時傳真專線：(886)2-2500-1990；2500-1991
服務時間：週一至週五上午09:00-12:00；下午13:00-17:00
劃撥帳號：19863813；戶名：書虫股份有限公司
讀者服務信箱：service@readingclub.com.tw
麥田部落格　http://blog.pixnet.net/ryefield

香港發行所　城邦（香港）出版集團有限公司
香港灣仔駱克道193號東超商業中心1樓
電話：(852)25086231　傳真：(852)25789337
E-mail：hkcite@biznetvigator.com

馬新發行所　城邦（馬新）出版集團【Cite (M) Sdn. Bhd. (458372U)】
11, Jalan 30D / 146, Desa Tasik, Sungai Besi,
57000 Kuala Lumpur, Malaysia.
電話：(60)3-9056-3833　傳真：(60)3-9056-2833

設　　計　蔡南昇
印　　刷　前進彩藝有限公司

初版一刷　2011年1月13日
定價260元
ISBN：978-986-173-645-7